COLLECTION FOLIO

Louise de Vilmorin

Sainte-Unefois

ÉDITION ÉTABLIE ET PRÉSENTÉE
PAR MARTINE REID

Gallimard

Femmes de lettres

Le dessin de couverture et le texte de Jean Cocteau sont reproduits avec l'aimable autorisation de M. Pierre Bergé, président du Comité Jean Cocteau.

PRÉSENTATION

> — C'est bien à Mlle de Sainte-Unefois que j'ai l'honneur de parler ?
> — Mais oui, Monsieur.
> — Je suis le reporter du *Petit Mondial* [...]. Que pensez-vous, mademoiselle, de votre dernier livre ?
> — Je le trouve très beau, très intéressant, excusez ma modestie, je le trouve même profondément artistique. [...] j'ai tout dit dans mes quelques pages. Je suis à exemplaire unique. Peut-être plus tard ferai-je un autre volume en changeant de place les mots de celui-ci, mais ce serait un gros travail auquel je n'ose m'attaquer.
>
> LOUISE DE VILMORIN,
> *Carnets.*

Le nom de Louise de Vilmorin évoque de prime abord des images assez convenues, celles offertes au grand public par quelques biographes soucieux surtout de dresser le portrait d'une femme élégante, désinvolte, capricieuse, mondaine, artiste, dépensière, le tout *extrêmement*.

Les photos dont on dispose montrent une très belle femme, portant fort gracieusement les robes de Coco Chanel ou de Jeanne Lanvin, assez réservée quand elle est jeune, assez convaincue de son importance (et de toutes les qualités qu'on lui prête) quand elle est plus âgée. *Plaire* s'affiche chez Louise de Vilmorin comme une ambition souvent atteinte et toujours poursuivie : séduire quelques hommes beaux, riches, célèbres, retenir auprès d'elle un grand nombre de gens, jeunes et vieux, se les attacher par un tourbillon incessant de dîners, de fêtes et de voyages, leur envoyer à profusion des cadeaux surprenants, des lettres émouvantes, des messages drôles, parfois en vers, parfois sous forme de calligrammes. « À peine prononce-t-on le mot de coquetterie qu'une idée de frivolité s'y attache ; et pourtant j'estime que la coquetterie [...] n'en est pas moins toujours une forme de l'inquiétude », note l'auteur avec lucidité dans ses *Carnets* (où elle imagine notamment, sur le mode parodique, la réception de *Sainte-Unefois*). « Quant à celles qui ne veulent pas plaire ou ne craignent pas de déplaire, elles me font peur, leur compagnie m'est dangereuse et je prends soin de les éviter. » Plaire, redoutable force et fragilité plus redoutable encore, l'exercice supposant une disponibilité de tous les instants et de singuliers vertiges quand il rencontre l'échec, sous la forme de la rivalité ou de l'abandon. Plaire et déplaire, réussir et échouer. La vie de Louise de Vilmorin peut sans doute trouver là ses lignes de force et son résumé.

C'est en 1932, alors qu'elle est séparée de son mari américain et mère de trois petites filles, que Louise de Vilmorin fait la connaissance d'André Malraux. Parfait contraste : d'un côté une belle mondaine qui a beaucoup voyagé, de l'autre un homme de lettres et d'action fort occupé, que ces ouvrages ont rendu célèbre. Autodidacte passionné d'art et de livres, Malraux a côtoyé dès les années 20 de jeunes écrivains promis à un bel avenir, Paul Morand, Raymond Radiguet, Jean Cocteau, Marcel Arland, François Mauriac, André Breton, Jean Paulhan. L'Asie du Sud-Est le passionne (il était au Cambodge en 1923, au Vietnam en 1925) ; il prête une oreille particulièrement attentive aux combats de son temps et *s'engage* (il a fondé la revue *L'Indochine enchaînée* et sera en Espagne en 1936). En 1933, une brève liaison l'unit à Louise de Vilmorin. Il l'a poussée à écrire, elle y réussit. L'année suivante, elle publie chez Gallimard *Sainte-Unefois*, étonnant petit ouvrage à l'humour poétique décalé, inventif et facétieux. Le roman est dédié à celui qui a flairé, en connaisseur, un talent véritable, un style, un ton, une plume alerte qui n'est pas seulement capable de billets bien tournés.

Année troublée pourtant que celle qui voit naître une nouvelle femme de lettres : 1934 s'ouvre sur le suicide de Stavisky à la suite d'une affaire d'escroquerie de fonds publics et se termine, ou presque, par l'assassinat à Marseille du roi Alexandre de Yougoslavie, victime d'un résistant oustachi. Quelques publications en rappellent rétrospectivement les contradictions esthétiques et idéologiques : *Mein Kampf* de Hitler est traduit en français, de même que *Le Malaise dans la civilisation* de Freud ; Marcel Jouhandeau publie *Chaminadour,* Jean Cocteau monte *La Machine infernale,* Arthur Miller fait paraître, en anglais, *Tropique du Cancer* et Henri Bergson un recueil d'essais, *La Pensée et le mouvant*. Rachilde publie *Mon étrange plaisir* et Colette *Duo*. L'année précédente, Albert Skira a fondé la revue *Minotaure* dont Picasso a dessiné la couverture (elle va devenir la grande revue des surréalistes) ; André Malraux a obtenu le prix Goncourt pour *La Condition humaine,* Raymond Queneau celui des Deux-Magots pour *Le Chiendent*.

Dans un tel contexte, le roman de Louise de Vilmorin étonne encore davantage. Pour son entrée en littérature, l'auteur de trente-deux ans ne choisit pas la facture dense du roman réaliste, celle de Malraux ou de Céline ; elle préfère l'écriture libre et inventive des surréalistes, proche de celle de Breton ou d'Aragon dans *Anicet ou le panorama, roman* : elle confond délibérément l'abstrait et le concret, défait les dialogues plutôt qu'elle ne les construit, confie aux personnages des actions aussi improbables que leurs noms, l'intrigue cheminant sur le fil, ténu, de l'amour et de sa perte. « Je ne savais pas que vous aviez du génie », lui écrit Jean Cocteau à la lecture de *Sainte-Unefois,* débutant en ces termes un magnifique dialogue épistolaire où la destinataire est volontiers appelée « Ma petite Sainte ». « Représentez-vous donc ma surprise lorsque, dès les premières lignes, je me trouve sans le moindre préparatif, nez à nez avec une sorte de prodige, écrit par ailleurs l'auteur des *Enfants terribles* dans l'article qu'il consacre au roman : une femme qui invente des choses illustres [...], qui en imagine d'autres, neuves, fraîches, comiques, poétiques, féroces, légères jusqu'à l'incroyable, [...]. Un livre qui apparaît au lieu de paraître [...] ; un livre qui n'était pas là et qui est là, tout à coup, comme sur une table spirite, un "apport" » (*Nouvelle Revue française*, janvier 1935). « Il n'y a pas de sujet mais c'est plein de perles », déclare de son côté Max Jacob, enchanté des dialogues. Quelques compositions d'artistes surréalistes, Leonor Fini, Remedios Varo ou Leonora Carrington, quelques collages et photomontages comme l'époque en crée à profusion peuvent servir non à illustrer le roman, mais à en évoquer l'atmosphère délicatement énigmatique.

Grâce de Sainte-Unefois se rappelle sa passion pour le comte Silvio alors qu'elle cherche l'amour de Milrid qu'elle va perdre. La vie, l'amour, l'amitié paraissent autant de chimères inatteignables pour qui se définit « sans emploi » : « À qui m'offrirai-je avec, dans la main, quelque chose qui serre le cœur ? » demande l'héroïne. La petite musique Vilmorin est contenue dans cette interrogation qui préfigure la plupart des romans qui vont suivre.

Après *Sainte-Unefois*, il en vient bien d'autres en effet, et aussi des poèmes en nombre (avec palindromes et vers olorimes) qui inspireront quelques grands compositeurs, parmi lesquels Francis Poulenc, Georges Auric et Darius Milhaud. Louise de Vilmorin écrit des articles pour *Vogue* et *Marie-Claire*, voit plusieurs de ses romans adaptés pour le cinéma, dont le magnifique *Madame de* réalisé par Max Ophuls en 1953 : « J'estime que *ton livre est un chef-d'œuvre*, [...], lui avait écrit Jean Cocteau le 8 août 1951. Je le place à côté de *S[ain]te-Unefois* dont tu sais ce que j'en pensais et ce que j'en penserai toujours. » Elle travaille également avec quelques cinéastes, composant par exemple le scénario des *Amants* avec Louis Malle en 1957 ou celui d'*Une histoire immortelle* de Karen Blixen pour son ami Orson Welles en 1960. Pas à pas se construit une œuvre véritable qui, offusquée peut-être par l'image de la grande bourgeoise de Verrières-le-Buisson, a peu retenu l'intérêt de la critique. Bien à tort. Remarquablement attentive aux modes de son époque, Louise de Vilmorin en fut à la fois le miroir et le révélateur, et l'une de ses meilleures « représentantes ». Pendant une trentaine d'années, elle réussit à faire entendre en littérature une voix légère et profonde, fantasque et sérieuse, d'une grande inventivité.

En 1967, trente-quatre ans après leur brève liaison, Louise de Vilmorin retrouve André Malraux. Elle a quasiment cessé d'écrire, lui-même est sur le point d'abandonner le ministère de la Culture auquel il a assuré un développement considérable. Ils se retrouvent pour peu de temps : l'auteur de *Sainte-Unefois* meurt deux ans plus tard.

MARTINE REID

NOTE SUR LE TEXTE

Nous reproduisons l'édition originale du roman paru chez Gallimard en 1934.

SAINTE-UNEFOIS

À André Malraux

I

C'est en regardant une plume voler dans le courant d'air que Mademoiselle de Sainte-Unefois eut l'idée de monter à la chambre d'en haut. Elle sortit du salon avec beaucoup de naturel, monta trois étages, ouvrit une porte sur le palier et entra. « Mes pas font trop de bruit, dit-elle, je me sens grande, grande, mais je ne veux pas m'inquiéter. »

La pièce était belle. Grâce de Sainte-Unefois l'avait arrangée à son goût. Au cours d'années passées, lorsqu'elle aimait le Comte Sylvio, elle y venait souvent pour penser à lui et lui écrire. Il y avait aux murs de longues palmes séchées qui faisaient des ombres, les meubles étaient peu nombreux : une table, une chaise longue décorée de rubans, plusieurs tabourets et deux candélabres d'argent posés par terre sur un châle écossais. Il y avait aussi un sac de plumes. Grâce y plongea les mains. À l'instant même, des quantités de petites mouches s'en échappèrent et vinrent se coller à son visage. « Ah ! c'est là que vous vivez, petites brutes ! » s'écria-t-elle, et elle se mit à pleurer. Cependant, les mouches commençaient à se sentir mal à l'aise : elles allaient mourir. « Je suis bien punie, dit-elle tout haut, il ne m'arrive que des ennuis ; comme je serais pure s'il n'y avait pas les autres et les exemples. Mon père se grattait la tête avec ses lunettes et ma mère avait les doigts enflés comme des pelotes ; alors il faudrait que moi aussi ?... Seule aujourd'hui dans cette chambre flottant au-dessus des chaînes, je me rends peut-être à un peut-être rendons-nous. Sylvio, pardon, les personnes comme moi vivent et meurent de passion, mais l'amour a besoin d'un rythme qui me lasse ; la vie aussi. Je voudrais rire en l'air au bras d'un Transparent, me comporter avec dignité, mollement poursuivie par certains chiens muets, par certaines bêtes en nage, tandis que, sur terre, reposeraient mes ciseaux, tous mes ciseaux. Nous irions vite, ce serait un vrai voyage : à droite, une maison, deux hommes, un mois qui passe ; à gauche, je ne sais quoi de différent. Le tout serait remplacé par autre chose bien avant le oh ! oh ! Pour la rémission de mes péchés, j'offrirais aux inconnus la rivière et aux autres les tristes vaches qui s'écœurent en se regardant. Un ange viendrait, la bouche molle : "Madame la fiancée, prenez ces beaux cailloux."

« — Comment donc, dirais-je, je ne puis refuser les présents d'un Noir. Les cadeaux viennent de loin." Quelle noce et quel voyage ! Et nous ririons. »

Grâce arrivait ainsi parfaitement consolée à la fin de ses rêves. Cependant, son corps était toujours là. Elle s'en plaignait souvent. Elle se plaignait aussi d'être facilement grisée des choses qu'on lui disait d'elle-même. La musique, les belles saisons, les yeux de quelques-uns et les paroles d'amour la brisaient ; elle devenait vague et s'abandonnait aux projets d'avenir. C'est ce qui, plus tard, lui faisait dire : « Mon corps et moi nous entendons mal, je ne pourrai jamais appartenir à personne. Il faudrait qu'on m'étouffe, qu'on force l'amour en moi et que je meure. Mais je n'inspire pas confiance. J'abandonne. » Grâce fit le tour de la pièce et prit sur la table la dernière lettre de Sylvio oubliée là depuis longtemps. Elle la relut :

Grâce,

Je sais que vous avez déjà beaucoup aimé, mais pourquoi tromper un ami tel que moi ? Vous avez été ridicule avec ce jeune homme, vous vous êtes fait une ennemie de sa femme, vous vous êtes conduite en personne ordinaire. Parfois, je me demande ce que vous valez. Vos dons n'excusent rien. Que peut-on faire pour vous, Grâce ? Où vous trouve-t-on ? Je me sens inutile. Je voudrais tant que vous profitiez de vos longs séjours à Sainte-Unefois pour faire quelque chose qui vous explique. Ne disparaissez pas un jour en n'ayant été qu'une possibilité.

Grâce, en lisant cette lettre, avait été malheureuse ; Sylvio ne lui disait que la vérité. Elle s'était sentie amoindrie comme chaque fois qu'on la jugeait telle qu'elle était vraiment. « Je ne suis qu'une personne ordinaire qui prétend ne pas l'être. » Comme souvent déjà, elle avait voulu se cacher de tous, se réfugier dans ses rêves, fuir son corps et l'esprit faible qui en faisait partie. Ses rapports avec les autres étaient décevants. Elle aimait plaire et donner, mais elle ne fondait rien de durable. Ses dons lui parurent incertains. Pourtant, Sylvio et d'autres lui en avaient parlé ; ils y croyaient. « J'ai un air d'être douée, avait-elle dit souvent, mais je ne le suis pas, seulement quelquefois, je me sens inspirée. » C'est après avoir lu cette lettre que Grâce résolut de s'expliquer. « Si je détache de moi quelque chose de pur, tout me sera pardonné et je me pardonnerai, je vivrai comme j'aurais toujours dû vivre et mes gestes seront oubliés. » C'est à ce moment-là aussi qu'elle dit à la Marquise : « Je deviendrai célèbre en vous prouvant qui je suis et vous serez tous bien ennuyés. Je vais écrire un livre. » Et quand la Marquise lui demanda quel en serait le sujet, elle répondit : « Je vais voir. »

Cependant sa nonchalance l'avait distraite, elle n'écrivit pendant une année que les lignes que voici :

Dans deux heures, vous serez laid, mais pendant ce tralala, vous me plaisez jusqu'à la fuite, Monsieur. Cet air pourrait bien me faire tout décider. Mes doigts saignent déjà, je me sens beaucoup d'esprit.

Après avoir traîné et médité longtemps dans cette chambre d'en haut, Mademoiselle de Sainte-Unefois décida qu'elle se remettrait au travail tout de suite et descendit au salon. Le Colonel Corse-Corse l'attendait. Ce Colonel et la Marquise, ancienne belle avec qui il prenait le thé depuis trente ans, étaient des vieux aimables, assez bêtes, qui croyaient en eux-mêmes et en parlaient souvent. Ils aimaient Grâce dont ils étaient les voisins les plus proches. Parfois, ils la critiquaient, mais ils attachaient à son amitié une importance superstitieuse. Grâce leur paraissait toute-puissante. Son éloquence un peu masculine, ses passions successives qu'elle semblait raconter pour y croire, sa pâleur, le sourire triste qu'elle avait en s'accusant, ses longues mains et ses soupirs étaient pour eux aussi preuve de grands dons. Grâce le sentait. Elle se disait qu'il n'était pas trop tard.

En entrant dans le salon, elle demanda au Colonel des nouvelles de sa santé. Il lui répondit que sa santé était bonne, mais qu'il n'était plus que l'ombre de lui-même, et il ajouta : « Je me fais vieux. » Grâce dit alors qu'elle voudrait ne pouvoir être autre chose que l'ombre d'elle-même. Le Colonel toussa. Puis il s'inquiéta de la voir si peu prête ; il lui demanda si elle avait oublié l'invitation à déjeuner chez la Marquise. Elle répondit non, et que s'il voulait bien l'attendre, elle en aurait pour un instant ; elle dit encore : « Je serai ravie de faire la route avec vous, Colonel. »

Vingt minutes plus tard, elle apparaissait vraiment belle, une écharpe de laine pliée sur le bras. Le Colonel lui fit remarquer que le blanc lui allait à merveille. Grâce répondit comme si elle l'eût ignoré. « Vous méritez votre nom », dit-il encore.

Ils traversèrent le parc. Beaucoup de lézards se chauffaient le long des baquets d'orangers. Le Colonel ne put s'empêcher de lui prendre la main. Grâce se sentit l'innocence même. Le passé s'était effacé derrière les bonnes résolutions, et ses pensées, encore à moitié pleines des méditations de tout à l'heure, ne lui donnaient plus de frissons. Ses beaux yeux se mouvaient avec lenteur d'un bord du chemin à l'autre ; elle mit ses doigts en boule dans la main du Colonel. Ils marchèrent sans parler pendant un instant, puis Grâce raconta que Pompon, sa femme de chambre, avait un panaris. Le Colonel déclara qu'il avait l'habitude de ces petits ennuis là. « Il faut éviter d'y faire attention et cela se guérit de soi-même. » Grâce lui demanda si les panaris étaient particulièrement fréquents dans la cavalerie.

« Non, dit-il, mais lorsque j'étais enfant, j'accompagnais souvent ma mère à son ouvroir où l'on m'occupait à faire des découpages. Il y avait là une cinquantaine de dames et demoiselles qui toutes cousaient ou tricotaient en tenant en l'air un doigt enveloppé de taffetas jaune. Elles paraissaient souffrir. Comme je questionnais ma mère à ce sujet, elle me répondit que ces personnes avaient des panaris, mais qu'il ne fallait pas leur en parler pour ne pas leur donner l'idée qu'elles étaient importantes. "D'autant plus, ajouta-t-elle, qu'avec un petit coup de canif par-ci par-là, c'est aussi vite parti que venu." Puis elle m'ordonna de penser à autre chose.

« Je me rappelle que, malgré l'interdiction de ma mère, je songeais constamment à ces doigts enveloppés ; j'eusse aimé défaire ces bandages et regarder ce qu'ils cachaient, mais jamais je n'y réussis. Un jour, pour me vanter auprès d'un camarade, je lui racontai, parmi d'autres histoires, que j'avais vu nu le panaris de Madame Letorse, la laveuse de vaisselle, et j'insistai : "Tout nu, entends-tu bien." Il m'effraya beaucoup en me répondant que son père, durant l'été, en portait un sur la tête. J'étais enfant (je n'avais pas encore décidé de suivre la carrière militaire) et je compris plus tard que lui aussi avait voulu se vanter et qu'il s'était moqué de moi. »

Grâce rit de cette histoire. Le Colonel en fut enchanté.

« C'est pittoresque, n'est-ce pas ? Ah ! fit-il, quand on est gamin, c'est le bon temps ! » Et il leva les yeux au ciel.

La Marquise guettait leur arrivée. Quand ils furent devant le perron, elle vint à leur rencontre en poussant des cris et en levant les bras. Satin bleu et rose, guipures, soutaches : une vraie Marquise. Elle leur reprocha d'être en retard. Grâce avoua que c'était sa faute.

« Je me suis attardée au dernier étage de la maison, dit-elle, il y avait beaucoup de poussière, c'était amusant. »

La Marquise qui ne comprit pas ce qu'il pouvait y avoir d'amusant à se promener dans la poussière, soupira : « Enfant ! »

Ils se mirent à table. Grâce était silencieuse. Elle s'appuyait au dossier de sa chaise dans l'attitude d'extrême fatigue qui lui était familière. Le vent entrait par la fenêtre ouverte et courbait les fleurs sur la table. La Marquise ne prêtait guère d'attention au Colonel ; cependant, elle lui dit :

« Je ne vous demande pas de vos nouvelles, vous êtes aussi frais et gras que ces œillets d'Inde ! »

Grâce en cassa un qu'elle glissa dans son corsage. Elle l'écrasait contre sa peau. Rien n'était plus doux. Elle en avait cueilli un soir d'été aux Sources, en se promenant avec Raphaël, celui auquel elle disait : « Vous n'avez rien de votre nom. » C'était le long d'une côte. Plusieurs fois ils joignirent leurs bouquets, et, quand leurs mains se rencontraient au milieu des tiges, ils se regardaient. Raphaël lui disait : « Vous me rendrez sentimental, mon cher petit poulet. » Quelques jours plus tard, Grâce dut repartir pour Sainte-Unefois et laisser, avec Raphaël, le château inconnu où ils avaient parlé de vivre ensemble : une tour, deux tours, cent cinquante tourelles, une lettre, deux lettres, et puis le temps. Tout cela n'était pas un simple souvenir. Elle regrettait de ne s'être pas décidée. Elle le préférait encore.

« Grâce, vous semblez lointaine, dit alors la Marquise, peut-on vous demander à quoi vous rêvassez ? »

Or, Grâce naturellement ne rêvassait jamais. Elle répondit qu'elle pensait à Raphaël, raconta la promenade et ajouta : « Il m'appelait son cher petit poulet, je crois qu'il devait m'aimer.

— Tant mieux si vous le croyez, interrompit le Colonel, quand on aime, quand j'aimais, je le disais autrement, d'une façon plus délicate ; je disais : "Je vous aime !" Les jeunes femmes adoraient cela. J'avais évidemment tout ce qu'il fallait pour plaire : l'uniforme, les moustaches, et...

— Oui, s'écria la Marquise, de très belles moustaches, et quelle allure ! Je me rappelle que mon mari disait en parlant de vous : "Cet animal-là, il a toujours l'air de danser la Mazurka !" C'était un beau compliment pour lui qui n'aimait pas en faire. Vous souvenez-vous, mon ami, de ce binocle en verre dépoli que vous portiez lorsque nous étions seuls et que vous vouliez me voir comme à travers des larmes ? Vous trouviez cela plus propre que de pleurer. »

La Marquise fit son rire coquet. Le Colonel déclara que jamais de sa vie il n'avait pleuré en uniforme. Il dit aussi que l'uniforme, ah ! ah ! était une dure école qui trempait les hommes.

« Des larmes, jamais, ajouta-t-il, j'aurais plutôt hurlé.

— Je sais bien, répondit la Marquise, mais vous n'avez jamais voulu me compromettre. »

Tandis qu'elle écoutait avec grand intérêt, Grâce voyait voler dans la salle à manger des boutons d'uniforme qui éclataient comme des impatiences ; des galons qui se rangeaient en portée musicale ; des jambes de bois qui lançaient des ondes vers un éternel de mérite. Il y avait aussi des croix d'émail, et le tout chantait.

Au dessert, Bruno, le maître d'hôtel, entra, apportant le soufflé.

« Madame la Marquise, dit-il, le gonflé a trop attendu. »

Elle lui fit remarquer que c'était un soufflé. Peu après, ils sortirent de table. Le salon de la Marquise était très en désordre. Des paniers à ouvrage traînaient partout, remplis de tricots inachevés. Grâce en prit un au hasard et alla s'asseoir seule dans un coin sombre de la bibliothèque.

« Prisonniers par-ci, prisonniers par-là, dit-elle à mi-voix en travaillant, si je vous laisse filer, l'enfant ira nu. Oh ! comme elles trottent vos mailles, Madame ! Mais oui, ce sont de vrais pur-sang ; ouvrez-en une et vous verrez, ou vous jugerez, c'est selon. Elles dansent aussi, ces bêtes, quand ça leur prend ; mais le soir, elles me suivent au lit. Les paupières ? Fermées comme des grandes. Les yeux ? Rangés dans leurs petites pattes. Ha ! c'est tellement doux que je les pince ; vous permettez ? Oh ! ne vous gênez pas pour moi ! Y a-t-il un autre côté ?

— Grâce, cria tout à coup la Marquise, que faites-vous ? Venez donc nous aider ; nous faisons des rangements. »

Elle les rejoignit alors au salon où elle les trouva penchés sur des cartons débordants de vieilles lettres. Un paquet qui portait la mention « Secrets de Famille » attira son attention ; elle l'ouvrit. Il ne contenait que des portraits de postillons.

La journée passa tranquille. Grâce ne rentra chez elle qu'à la nuit tombée. Conquête, son petit chien de Ténériffe, seul animal qu'elle eût jamais aimé, l'attendait dans le vestibule. Il la suivit tout grelottant. Grâce trouva qu'il faisait frais dans la salle des gardes et décida qu'elle y dînerait ; puis elle sonna Pompon :

« Va me chercher, lui dit-elle, un gros cahier vert qui se trouve sur le bureau de ma chambre. »

Elle se sentait bien disposée pour écrire. Lorsque Pompon redescendit apportant le cahier sur un immense plateau, elle trouva Grâce à moitié étendue sur le canapé de damas, Conquête couché en travers de ses genoux. Pompon lui demanda si elle désirait autre chose.

« Non, répondit-elle, merci. »

Le cahier, appuyé contre le dos du chien, s'ouvrit de lui-même à la page où le crayon était resté. Grâce se redressa un peu, inscrivit : « Sainte-Unefois » en tête de cette page ; puis elle relut son œuvre et y ajouta : « Le Colonel et la Marquise n'ont fait aujourd'hui encore que danser le menuet. Ah ! si je pouvais moi aussi... »

Elle s'étira, parla longuement avec Conquête et resta rêveuse jusqu'au dîner.

II

Vers cinq heures, ayant fermé ses atlas, Milrid alla chercher dans un coin du fumoir l'instrument de musique de son invention, fait de coquilles d'œufs et de pastilles, sur lequel il aimait à jouer certains soirs des accompagnements difficiles. Il commençait à peine lorsque Posthume, son régisseur, frappa à la porte et entra. Milrid lui fit signe de s'asseoir ; puis il lui dit qu'il avait décidé de partir en voyage le lendemain.

« J'irai d'abord aux Sources, ajouta-t-il, vous pourrez m'y écrire à l'Hôtel du Signal. »

Posthume parla pendant une heure de baux et de récoltes. Milrid l'écoutait sans répondre. Il trouvait que rien de tout cela n'avait grande importance ; ses biens l'intéressaient peu. Il vivait ailleurs, sans très bien savoir où, pénétré d'une inquiétude constante dont il n'arrivait pas à découvrir la cause et qui le tourmentait : « J'ai besoin, disait-il, d'être rassuré de Dieu sait quoi. »

Après que Posthume fut sorti, Milrid de nouveau resta seul. Il n'avait plus envie de musique et s'approcha de la fenêtre. Au-delà des grilles qui fermaient la cour pavée, derrière les collines que nulle moisson ne haussait, il distinguait la maison de Madame Champêtre et il la voyait dans son salon veiller sur des angoisses. Jolie maison du diable. Les courants d'air, les pompons qui volent et les mauvais rêves qui se marient. Sur la commode, une belle frayeur de l'an passé se conserve intacte sous un globe. Par terre, l'enfant de la famille occupe un carré noir et se coiffe d'un bol : il prétend nager. Dans la grande chambre du premier étage, une malade sommeille, les mains vides. Elle rêve. Un homme de l'asile lui fait signe de venir : « Viens, viens, je suis hussard. » En bas, dans le jardin, des fleurs en fleur font tapis ; la fourmi mondiale, la reine, passe près d'elles, traverse les allées en trottinant et médite : « Je trompe mon petit monde, mais qu'y puis-je ? Je n'ai pas l'âme fourmi ; je vais rire avec les gendarmes, beau crime, chut, je ne l'avoue qu'à moi-même. »

Milrid regarda la fourmi s'éloigner et sourit tristement : « Ah ! soupira-t-il, moi non plus je n'ai pas l'âme dans le rôle, et je n'ai le cœur à rien. » Il avait envie d'aller s'asseoir près du tas de bois de l'autre côté du potager et de casser des brindilles. Broyer ou émietter quelque chose calmait parfois ses inquiétudes. Ses parents avaient eu des tics semblables. Il avait souvent vu sa mère casser exprès son fil de soie en brodant et il l'avait entendue dire tandis qu'elle s'appliquait à faire un invisible nœud : « Ah ! cette fois-ci encore, je l'ai échappé belle ! » Quant à son père… « Voici deux personnages qui ont complètement disparu de mon existence, murmura Milrid, je suis ici sans personne qui réponde de moi. » Et il resta songeur au centre même d'un monde où il ne faisait que se rencontrer.

La pièce alors était tout à fait sombre. Seules, en face des fenêtres, deux gravures qui représentaient « Le Collectionneur de Papillons » et « Les Nouvelles de Mexico » reflétaient encore un peu de lumière. Beaucoup plus tard, quand tout se fut éteint, Milrid entendit des pas sur le gravier et tourna la tête. Un instant après, Prince, son valet de chambre, vint lui dire que le Comte Sylvio était là. Ce Comte Sylvio, ami du voisinage et très bel homme dont la pâleur faisait un peu trembler, venait parfois le soir lui tenir compagnie. Milrid était toujours heureux de sa visite, heureux de l'entendre parler d'amour et des passions qu'il inspirait aux belles jeunes femmes, à Emmérentienne Teck, une étrangère, et à Mademoiselle de Sainte-Unefois surtout. Grâce de Sainte-Unefois intéressait Milrid plus que toute autre ; elle était sa cousine et les brouilles de famille qui les avaient séparés depuis l'enfance le rendaient curieux de cette parente qu'il ne connaissait pas. Pendant le dîner, Sylvio parla de chasse : « Je suis las de la campagne, dit-il ; aux Sources, nous aurons plus de plaisir. » Milrid lui demanda alors si Grâce serait là.

« Sans doute, répondit Sylvio, elle y vient chaque année. C'est une personne dangereuse, Milrid, et qui vous donne tort quand on l'aime. J'ai la certitude qu'elle vaut moins que son apparence. Je crois que l'on pourrait dire sans se tromper qu'elle est douée d'un aspect. Je l'ai beaucoup aimée. Jamais je n'oublierai ses yeux un soir qu'elle me regardait de loin chez Madame Teck. J'étais enchanté par tant de franchise alors que nous nous connaissions à peine. Je sentais qu'elle ne pensait qu'à moi et se confiait, tandis qu'elle allait lentement d'un coin de la cheminée à l'autre, le visage légèrement incliné de côté vers la glace, comme pour me faire admirer à la fois ses deux profils qui sont très purs. Elle s'arrêta, tenant un verre à la main et, comme quelqu'un parlait de voyage en mer, elle raconta, au sujet d'une amie, une histoire que je n'ai pas oubliée. Il s'agissait d'un homme et d'une femme qui firent connaissance sur un bateau à voiles le matin même d'un départ pour une longue croisière à laquelle ils étaient tous deux invités. “Après quelques jours, racontait Grâce, voilà qu'ils s'aperçurent qu'ils s'aimaient et, peu après, se le dirent. Bercés du matin au soir, attendant leur moment, ils ne faisaient que se regarder, et rêver de choses blanches-verdâtres, d'oiseaux, de crèmes, d'allées et venues à l'heure où c'est comme ça. Vous savez, continua Grâce, comment cela se passe lorsqu'on est dix sur un petit bateau. Certains restent sur le pont jusqu'à l'aube, d'autres jouent aux cartes dans le salon et quand ceux-ci vont se coucher, une équipe fraîche arrive pour voir se lever le soleil. On dort plusieurs dans chaque cabine. Des semaines s'écoulèrent ainsi, sans escale ni solitude, sans que jamais n'apparût le moment de s'embrasser. Une nuit cependant, à la fin du voyage, alors que le bateau était à quai dans un petit port tranquille, fous d'impatience ou peut-être seulement très impatients, ils saisirent naturellement des revolvers et tuèrent les passagers — leurs amis —, l'équipage et même quelques bêtes. Et alors, disait Grâce en riant, voudrez-vous me croire si je vous dis qu'après avoir échangé leur premier baiser, ils durent s'avouer, confus, qu'ils étaient déçus et qu'ils ne se plaisaient vraiment pas. Quelque heure sonna. Il était temps de fuir. Chacun de son côté emporta des regrets. Une heure plus tard, la femme dut, je crois, se trouver stupide, car elle revint à bord et s'empara d'une quantité de fourrures et d'objets. Elle me raconta que tout semblait très calme sur le bateau. Je lui demandai le nom de son ami ; elle me répondit que c'était un nom de voyageur dans le genre de Robinson. L'histoire était ancienne." Et Grâce ajouta, en riant de nouveau : "Le voyage, après tout, avait eu de l'agrément. Je rêve de faire une croisière." À ce moment-là, nos yeux se rencontrèrent. Elle me sourit. Plusieurs personnes s'en aperçurent.

« Eh ! continua Sylvio, je vous répète cela bien mal, mais elle était charmante en le racontant, et donnait mille détails qu'on ne comprenait pas. À la fin de la soirée, je m'approchai d'elle : "Grâce, lui dis-je, vous êtes un Archange. — Eh ! bien, me répondit-elle, est-ce une raison pour ne pas m'aimer ?" Je lui serrai les bras.

— Qu'est-ce qui vous fit l'appeler Archange ? » interrompit Milrid.

Sylvio répondit qu'il ne savait exactement.

« C'était une inspiration du moment, dit-il, cela lui allait bien. »

Il aurait voulu pouvoir rire en parlant d'elle, mais, ce soir, il ne pouvait pas.

« On l'aime d'abord à cause de son apparence, continua-t-il, et très vite on la supplie de vous convaincre que ses actes n'ont pas d'importance. Ah ! Milrid, y a-t-il au monde une personne assez pure pour pouvoir faire n'importe quoi ? L'air qu'a Grâce d'arriver d'une province lointaine où les coutumes diffèrent des nôtres doit-il suffire à lui faire pardonner ? "Excusez-moi, semble-t-elle dire, je ne suis pas d'ici ; là-bas, les jeux n'ont pas de règles." Elle vint à moi comme à d'autres, sans discernement, confondant l'amour avec sa fantaisie. Je lui plaisais, elle prétendit me préférer et aimer pour la dernière fois. Maintenant, je la sais incapable d'un attachement durable. »

Milrid dit alors qu'on ne pouvait en vouloir à personne de cela. « Ce n'est pas une preuve de bassesse, déclara-t-il, je vous trouve sévère d'employer le mot incapable. Certaines personnes ne se forcent pas à continuer d'aimer. »

Sylvio répondit qu'il ne savait que penser.

« Tantôt, je l'admire, et tantôt je désespère. Pour être remarquable, elle manque de grandes qualités. »

Il dit même qu'il l'avait vue un jour se comporter de façon ordinaire et plutôt ridicule.

« Ah ! soupira-t-il, je vous assure qu'alors, elle perd ses dons et son génie et qu'il ne reste d'elle qu'une assez belle jeune fille qui vous serre le cœur. J'aurais voulu qu'elle me donnât une explication ou qu'elle me fît une scène. "Croyez ce que vous voudrez, me dit-elle seulement, je n'ai pas d'excuses. Vous m'en voulez, Sylvio, comme si je vous avais convaincu de prier un faux dieu." Son visage devint très triste. "Je suis un obstacle à ce qu'on m'aime malgré moi", murmura-t-elle en me regardant. Moins d'une semaine plus tard, elle rentrait à Sainte-Unefois en ayant évité de me revoir jusqu'à son départ. Il y a de cela une année et demain nous la verrons aux Sources. »

Sylvio se tut.

« Eh bien ! dit Milrid au bout d'un long moment, si jamais elle m'aimait, je m'éloignerais d'elle pour toujours ; je ne voudrais pas que, pour moi, elle descendît sur Terre et quittât ses allées blanches-verdâtres à l'heure où c'est comme ça. »

Sylvio le regarda en riant.

Ils se levèrent de table et choisirent d'aller s'asseoir dans le jardin qui était magnifique et rempli de cascades. Le temps très doux forçait au rêve. En passant devant le groupe de marbre blanc qui représentait les trois frères de son père simplement déguisés, Milrid, selon son habitude, s'arrêta presque et dit : « Bonsoir, Messieurs, je regrette évidemment, je regrette », puis, se penchant dans l'ombre, il chercha une fleur dont il brisa la tige : « Folle, murmura-t-il, vous serez à moi », et il la mit à sa boutonnière. Sylvio, craignant d'avoir trop parlé de Grâce et d'être jugé indiscret, restait à présent silencieux. La maison, devant eux, se détachait contre un fond de grands arbres. Par les fenêtres ouvertes, on voyait éclairées plusieurs pièces du rez-de-chaussée et du premier étage. Dans la salle à manger, Prince allait et venait, enlevant le couvert et pliant la nappe. Il parlait seul. Milrid distraitement le suivait des yeux.

« Cette maison serait agréable pour recevoir, dit-il, j'aimerais y donner une fête. »

Alors il vit dans le salon une belle personne

qui se tenait debout près de la porte d'entrée et saluait une grosse dame.

« Ah ! disait la dame, je ne m'attendais guère à vous trouver ici. Quel est votre nom ?

« Je m'appelle Aurore. Aurore, vous savez bien.

— Du tout, répondit la dame, mais passons. »

Elle faisait la grimace et continuait :

« Milrid m'a dit qu'il me recevrait seule pour mon anniversaire ; où donc est-il ?

— Il profite d'une occasion, répondit cette Aurore, il s'agit de colonnes.

— Mais vous, demandait la dame, que faites-vous ici ? Comment êtes-vous venue ?

— Je suis arrivée dans mon mic-mac avec l'enfant de la Malade, et je donne un bal à l'instant même. Milrid aime à me voir danser sous des ogives. J'attends mes invités. »

Au fond du salon, juste sous le portrait du Preux, un orchestre, composé de quatre musiciens, attendait immobile. Chacun d'eux était la réplique exacte de l'autre et tous ressemblaient à Milrid.

« Quatre beaux musiciens, s'exclamait la dame, quelle fête !

— Mais oui, répondait Aurore, depuis qu'ils sont dans cet état-là, je m'en sers constamment. Je suis si souvent mal jugée. »

À ce moment-là, un Monsieur s'avançait vers elle en disant : « Merci de m'avoir invité bien que…

— Oh ! mais ça ne se voit presque plus », répondait Aurore.

Le Monsieur alors se pliait en deux en arrière.

« Je vois qu'il est encore de jolies coutumes, disait-elle en le félicitant, comment faites-vous cela ? »

Et le Monsieur recommençait en disant qu'il venait de Nouvelle-Angleterre.

Maintenant, les invités arrivaient en foule. Ils se précipitaient les uns sur les autres et dansaient en parlant très vite. Un Ambassadeur s'approchait d'Aurore :

« Vous valsez, Mademoiselle ?

— Comment donc, répondait-elle, je valse comme une folle. Voyez plutôt. »

Et elle partait seule, un gâteau à la main, tandis que l'Ambassadeur riait par la fenêtre. Le gagnant de toutes les loteries était là aussi, donnant le bras à la Malade.

« Milrid, Milrid, murmurait-elle, voici mes quarts de soupirs. »

Il se fit soudain un grand silence et la Malade mourut encore une fois. Les invités défilaient lentement devant Aurore en déclarant que c'était très réussi, puis ils se dirigeaient vers le buffet servi dans une autre pièce, la laissant seule dans le salon avec la Malade qui se givrait. « Moi aussi, je meurs », lui soufflait-elle à l'oreille, puis, regardant les musiciens, elle ajoutait : « Oui, je meurs aussi, mais moi c'est pour rire. » Et elle leur envoyait des baisers à travers son écharpe de blonde.

Prince, à ce moment-là, entra pour fermer les persiennes.

C'est alors que, se tournant vers Sylvio, Milrid répéta qu'il aimerait donner une fête.

« Un bal est un événement mystérieux qui me plairait », dit-il.

Sylvio ne comprit pas. Il affirma que rien n'était plus simple.

« Vous devenez provincial, Milrid ; le séjour aux Sources vous fera du bien. »

Trop indifférent pour s'expliquer, mais tenté par l'aventure, Milrid continua en baissant la voix :

« Un grand bal pour moi seul et une dame ; on rangerait les chaises contre le mur ; je ferais venir des palmiers en soie aubergine et, à l'aube, on passerait des sorbets sur des raquettes. »

Sylvio trouva l'idée risible, mais il avait envie de parler sérieusement ; aussi était-il très tard lorsqu'ils se séparèrent après avoir énuméré tous les gens que l'on pourrait inviter dans le voisinage. Ni l'un ni l'autre cependant ne prononcèrent le nom de Mademoiselle de Sainte-Unefois.

Le lendemain, de bonne heure, ils partirent pour les Sources. Milrid laissa un mouchoir plié en quatre sur le pied de son lit : c'était son image de l'absence. Il prit aussi une petite glace qu'il mit dans sa poche en disant : « On ne sait jamais ce qui peut arriver. » Puis il descendit et monta en voiture. Prince fit beaucoup de grands saluts, ferma soigneusement la grille et rentra à la maison en agitant le trousseau de clefs. Il monta sur la terrasse d'où l'on dominait toute la vallée pour voir la voiture tourner le coude de la grand'route : il savait que, de là, Milrid jamais n'oubliait de lui faire un geste d'adieu. C'était une habitude d'enfance.

III

Grâce de Sainte-Unefois était aux Sources depuis quelques jours lorsque son amie, Emmérentienne Teck, chez qui elle habitait, lui annonça que Sylvio venait d'arriver.

« Nous le verrons ce soir, dans le jardin du Casino, lui dit-elle. Seras-tu contente ?

— Oui, répondit Grâce, j'aime beaucoup Sylvio, et toi, l'aimes-tu toujours ?

— Oh ! moi, fit Emmérentienne, je l'aime encore quelquefois, mais je n'aime que lui, il est très bel homme et cela me plaît. »

Grâce enviait tant de constance ; elle avait souvent eu l'espoir d'aimer pour la dernière fois. « Cependant, disait-elle, je finis toujours par me lasser, j'ai perdu confiance en moi. »

Elles étaient assises sur une large pelouse entourée d'arbres et de fleurs. Grâce portait cette robe blanche à ceinture pâle et à nœud chiffonné qu'elle appelait sa robe de cirque ; son amie en bleu pervenche venait directement d'un bourg. L'une et l'autre, tout en parlant, mordillaient des brins d'herbe. Grâce était heureuse. Elle aimait les Sources. Elle trouvait l'endroit rempli d'impressions agréables. Les longues matinées où il n'était question que du soir augmentaient les plaisirs et l'air des montagnes lui faisait du bien. Chaque année, depuis son enfance, elle n'avait jamais manqué d'y venir, avec ses parents d'abord, puis, plus tard, accompagnée par Mademoiselle ; mais Mademoiselle ayant épousé un comptable, Grâce maintenant voyageait seule avec Pompon et son petit chien de Ténériffe.

Lorsque Emmérentienne voulut savoir quels étaient ses projets pour le reste de l'après-midi, Grâce lui répondit qu'elle ferait des bulles de savon pour amuser Conquête, puis qu'à la fin de la journée, elle irait à la recherche d'un Point-de-Vue.

« J'ai remarqué que les personnes comme il faut ont toujours un but de promenade qui s'appelle le Point-de-Vue ; cela nous manque, dit-elle, viendras-tu avec moi, nous pourrions prendre les chevaux et tu me conduirais ? »

Emmérentienne répondit qu'elle avait à écrire. Grâce alors décida qu'elle ne sortirait pas non plus.

« Je n'ai encore rien détaché de moi, soupira-t-elle en se moquant, il est grand temps de commencer. »

Son cahier, en effet, n'avait plus été ouvert depuis bien des semaines. Un enfant né bossu était venu la distraire de ses résolutions d'un soir et, ne sachant qu'en penser, elle en avait rêvé pendant des heures sur la Terrasse du Nord. C'est à ce moment-là aussi qu'elle répondit au Colonel qui l'accusait de perdre son temps : « Je n'ai pas la moindre idée de ce que vous voulez dire ; comment peut-on perdre une minute, je ne comprends pas. »

« Ah ! s'écria Emmérentienne, si j'avais la moitié de tes dons, je serais déjà célèbre ! »

Grâce la regarda surprise.

« Quels dons me reconnais-tu ? demanda-t-elle.

— Celui d'avoir de drôles d'idées », répondit son amie.

Elles parlèrent aussi de Sylvio et des belles robes qu'elles porteraient le soir afin de lui donner des battements de cœur. Grâce dit qu'elle s'évanouirait au premier coup de minuit et qu'elle prononcerait plusieurs paroles historiques en reprenant conscience. Elles avaient envie de rire et de jouer. Grâce dont le cœur était libre se sentait nouvelle. Elle proposa soudain à Emmérentienne de l'accompagner dans sa chambre.

« Viens, dit-elle, j'ai des cadeaux pour toi que j'oublie toujours de te faire. »

Elles montèrent sans hâte, en se tenant par la main. Grâce avait apporté une boîte de pistaches, une collection de fleurs séchées cueillies à Sainte-Unefois au bord du lac, et collées sur des cartons décorés de paysages qu'elle avait peints elle-même, un anneau de porcelaine et d'autres très belles choses qui enchantèrent Emmérentienne.

Les stores baissés clapotaient contre les fenêtres ouvertes. La chambre tiède, envahie de plantes et de fleurs, semblait contenir l'air d'une région plus chaude. À demi étendues sur le lit, parmi les cadeaux et les feuilles de papier rose, ni l'une ni l'autre à présent ne songeait plus à écrire. Elles restèrent longtemps silencieuses. Tout cela fit que Grâce eut peur et devint triste. Le visage d'un héros favori se présenta à sa mémoire et vint la tourmenter. Plus tard, dans la journée, Emmérentienne l'écouta décrire avec mélancolie cet ardent Fiancé espagnol que Grâce ne pouvait évoquer sans chagrin, ce personnage de la Nuit des Temps.

« Avant de mourir, dit-elle, j'avais un Fiancé espagnol qui parlait, en ouvrant et fermant les paupières, un langage muet que j'étais seule à comprendre. Ah ! Emmérentienne, toi qui aimes les beaux hommes, celui-ci, je crois, t'aurait plu. Sa barbe fine, peignée en rouleau, formant une boucle à son menton, son front barré de cicatrices, la grâce de ses doigts espagnols lorsqu'il jouait comme-ci comme-ça, et ses grands yeux jaunes, tout en lui me plaisait. Certains soirs, il m'invitait à dîner sur la plaine. "Dimanche, dimanche", faisait-il avec ses paupières, et je savais ce que cela voulait dire : à la première brume, j'accourais. Je traversais le chemin creux comptant les arbres du bout d'une gaule, je tapotais mon cou fragile et, me sentant en danger au coin même de la plaine où il m'attendait debout, je poussais un cri plaintif. Ah ! comme il se penchait sur moi alors, comme il buvait mes larmes, comme nous étions heureux. Le couvert était posé sur l'herbe rase. La gorge serrée, nous mangions nos plats préférés, sans nous quitter des yeux. Il n'apportait que des bonnes choses : du pain de gala que j'aimais tant, de la confiture de Do, des pralines de poivre bénévole, des pastilles aux petits pois qui sentaient la tête d'épingle, et de l'eau fade dans une bouteille.

« Nous buvions aussi du vin de messe au parfum d'après dont il ne me donnait que quelques gorgées pour entendre mes plaintes. Mes plaintes seulement, car mes chagrins l'intéressaient peu. Il m'avait dit un jour qu'il ne fallait jamais se laisser impressionner par les mauvaises actions que l'on commettait vis-à-vis de soi-même, qu'il fallait éviter de s'y associer vraiment et qu'en général, pour demeurer pure, on devait rester très loin de tout ce que l'on faisait. Mais il aimait entendre ma voix dans le paysage mort des plaines, dans la brume qui nous cachait. Il me serrait contre lui jusqu'à ce que je me sentisse légère, et je regardais son visage changer. Parfois, lorsqu'il était vraiment de bonne humeur et que je posais ma tête sur son épaule, je voyais de tout près le bijou noir qui fermait son manteau d'étranger, mon bijou noir à présent. "Belle et grande comme un Ange, me disait-il alors, tu es de plus en plus le portrait de toi-même." L'hiver, quand je courais le rejoindre, il riait de voir mes nattes tirées par le vent, se tenir raides derrière moi, mais nos rires ne duraient qu'un instant : l'amour nous rendait graves tout le reste de l'heure. Nous nous aimions comme des condamnés, sans qu'aucune saison nous libérât, sans qu'aucune date n'eût d'importance. Il me préférait à ma vie. Le malheur voulut qu'un jour, un mystère, un enfant de sa famille l'appelât sur une tombe. Il fallut nous séparer : l'adieu nous fit mourir. Car j'étais morte en le quittant au coin même de la plaine où il se tenait debout, me regardant partir. Comme je me retournais pour le revoir encore, il fit un geste désespéré de ses mains espagnoles et, fumant un des longs cigares bleus que l'on roulait pour lui de l'autre côté des montagnes, il s'éloigna, mort aussi pour toujours. »

Grâce ferma les yeux. Emmérentienne aurait voulu parler, mais la crainte de troubler son amie la retint. Elle allait partir lorsque Pompon entra, apportant pour le soir une robe de dentelle. La mine désolée des jeunes filles la surprit.

« Pauvre Grâce ! Pauvre Fiancé espagnol ! s'écria Emmérentienne, ce sont peut-être ces souvenirs-là qui t'empêchent d'être fidèle à présent. Oh ! je te plains beaucoup. »

Grâce sourit de cette idée qu'elle trouva ingénieuse, mais Pompon, qui comprit la cause de leur chagrin, haussa les épaules en déclarant que c'était de la folie de se tourmenter pour de pareilles bêtises.

Les deux amies alors se séparèrent : il était l'heure de s'habiller. Cependant, l'air triste de Grâce n'inquiéta guère sa femme de chambre : elle était sûre de pouvoir la distraire en lui racontant ce qu'elle venait d'apprendre, en promenant Conquête dans le village.

« Il paraît, lui dit-elle, que le Comte Sylvio habite depuis hier à l'Hôtel du Signal et que votre cousin Milrid est arrivé avec lui. J'appelle ça une nouvelle. Il doit y avoir vingt ans que nous ne l'avons revu.

— Quoi ! fit Grâce, mon cousin Milrid est ici. En es-tu certaine ?

— Eh ! oui, répondit Pompon, je ne vois pas bien qui d'autre ça pourrait être, il n'y en a sûrement pas deux de ce nom-là sur terre. Vous le rappelez-vous seulement ? »

Grâce se rappelait qu'au cours de sa petite enfance, Milrid venait passer avec elle les grandes vacances d'été et qu'il léchait le dessous de ses tartines quand la confiture coulait par les trous du pain ; mais elle se souvenait surtout de la réponse que lui fit son père, doux et indulgent d'habitude, lorsqu'elle s'était plainte de ne plus le voir : « Ton cousin ne remettra jamais les pieds à Sainte-Unefois ! » Cela devait s'être passé l'année même de cette fameuse brouille dont elle chercha longtemps à connaître la cause. Elle avait cru comprendre qu'il s'agissait d'un œil que quelqu'un arracha à quelqu'un d'autre, un œil arraché et piétiné, mais elle n'eut jamais l'audace de questionner personne à ce sujet, d'autant moins que son père avait des yeux excellents et très beaux dont il ne semblait pourtant tirer aucune fierté. C'est ainsi que, privée de la compagnie de Milrid, Grâce demeura solitaire. C'est durant cette année-là aussi que, regardant passer avec admiration la longue file des orphelines en promenade, elle connut le désir d'être en deuil. Elle enviait leur joli costume noir et ce nom gracieux d'Orpheline qu'elle préférait au sien. Rien ne lui plaisait plus que de les suivre dans la campagne, pour assister de loin à leurs rondes et écouter leurs chants. Deux religieuses battaient la mesure avec leurs parapluies ouverts et les orphelines, assises au hasard des taupinières abandonnées, chantaient, chantaient en chœur sans que leurs voix les dépassent, sans que jamais leurs chants devinssent autre chose qu'un bourdonnement de fièvre. Elle aurait voulu faire partie de leur troupe et connaître les secrets qu'elles échangeaient tout en déplaçant de mystérieuses épingles.

Mieux encore, elle rêvait de se tenir immobile,

toute de noir vêtue et très pâle, sur la terrasse de Sainte-Unefois en automne. Les villageois seraient à leurs fenêtres pour la voir sortir de sa poche le mouchoir de famille qu'elle viendrait d'hériter. Certains, en se penchant trop, tomberaient dans les rues désertes sans éveiller la moindre alarme, et il était possible que quelqu'un soudain s'écriât : « Pauvre Demoiselle de Sainte-Unefois, ses yeux vont bientôt lui manger la figure ! Vive Mademoiselle Grâce ! » Au bruit de cette exclamation, elle s'effondrerait enchantée, et, tandis que Pompon la porterait dans ses bras jusqu'à la salle des gardes, jusqu'au canapé de damas sur lequel ses parents lui interdisaient de s'asseoir, elle murmurerait : « Je suis la dernière du nom ! », puis se ferait servir une tasse de bouillon léger.

Sans prétendre toutefois à une ivresse pareille, elle souhaitait qu'une mort quelconque la mît bientôt en deuil. Lorsque cette année-là, le père et la mère de Milrid disparurent dans les montagnes, son rêve fut très près de se réaliser, mais hélas ! ses parents ne portèrent pas le deuil ; rien ne changea dans leur vie et Grâce ne put que leur garder rancune de l'avoir privée d'un tel plaisir pendant qu'il en était temps encore.

Tout en s'habillant avec un soin extrême, elle riait à ses pensées d'enfant. Puis, se tenant debout devant la glace, elle tourna lentement sur elle-même, la tête un peu penchée. « Suis-je de plus en plus le portrait de moi-même ? murmura-t-elle. Non, non, je suis malheureuse, c'est toujours la même histoire qui recommence. » Cependant, son humeur changea au cours de la soirée. Elle fut toute à l'impatience de revoir ce cousin auquel elle n'avait jusque-là que rarement pensé. Elle appuya plusieurs fois ses mains contre son cœur.

« Je ne sais pas très bien, dit-elle à Emmérentienne, si je suis impatiente ou inquiète, j'ai peur de bouger, comprends-tu cela ? »

Dès qu'il fut onze heures, elles sortirent. La musique jouait dans le jardin du Casino sans que personne semblât l'écouter. Grâce trouva que, malgré leurs bérets rouges, les musiciens ressemblaient à des pères de famille. N'osant regarder autour d'elle, elle leva les yeux vers ces grands arbres de Ville d'Eau qui perdent toutes leurs feuilles au premier claquement de persienne. Tout à coup, elle entendit quelqu'un l'appeler ; Emmérentienne lui serra le bras. Comme elles se retournaient, Sylvio était près d'elles. Il parut content de les retrouver et ne leur fit que des compliments ; mais Grâce, qui croyait percevoir un reproche dans ses yeux chaque fois qu'il s'adressait à elle, ne trouva rien à lui dire et rougit. C'est alors que Sylvio leur raconta que Milrid l'accompagnait. Grâce lui demanda où il l'avait laissé, et ajouta qu'elle serait heureuse de le revoir.

« Il est chez le marchand de glaces, répondit Sylvio, allons le rejoindre, il est curieux de vous connaître.

— Non, fit-elle sans comprendre pourquoi elle refusait, allez le chercher avec Emmérentienne, je préfère l'attendre ici. »

Un instant plus tard, elle vit Milrid s'avancer seul vers elle en lui tendant les mains.

« Grâce, s'écria-t-il, est-ce bien toi ? Quelle rencontre impossible ! Grande et belle comme un Ange, comme un Ange. Est-ce vraiment toi ?

— Mais oui, Milrid », murmura-t-elle et elle le regarda sans rire.

Le vent qui s'était levé faisait bouger son châle, les musiciens s'en donnaient à leur aise. Plus loin, dans leur campagne, les vilaines bêtes de fossés avaient un sourire qu'ils connaissaient tous les deux. Milrid lui offrit une pastille.

« Merci, dit Grâce, j'ai peur. »

IV

« Il est temps que je te voie à la lumière du jour, écrivit Milrid à Grâce au lendemain de leur rencontre, le soir favorise n'importe qui. »

Grâce se répétait ces mots à elle-même et ne prêtait que peu d'attention à la conversation d'Emmérentienne et de Sylvio. Cependant, quand elle les entendit parler de lourdes montures, elle les interrompit pour se plaindre au sujet d'une jument qu'elle avait achetée depuis peu.

Emmérentienne se mit à rire : « Nous parlions de bagues », dit-elle.

Grâce fut décontenancée. Elle baissa la tête et regarda ses mains. Ses pensées de nouveau retournèrent à Milrid ; elle allait perdre l'espoir de le revoir jamais, lorsque son arrivée l'obligea à sourire. Le sentiment de sa propre indépendance se mêlait au plaisir qu'elle éprouvait à le connaître. « Il est charmant, avait-elle dit à Pompon le matin même, je l'inviterai à Sainte-Unefois. Qui m'en empêchera à présent ? J'ai déjà décidé qu'il habiterait les housses. » C'est ainsi qu'elle appelait la chambre de son père. Ses parents disparus, il lui semblait tout naturel d'aller contre ce qui avait été leur désir. « Les morts ne protestent jamais, disait-elle, quand ils parlent, c'est que nous le voulons bien. »

En entrant dans le salon, Milrid fit à Emmérentienne les quelques phrases dont il se servait d'ordinaire au début d'une première visite, puis se tournant vers Grâce, il ajouta : « Je me plains toujours du temps à toute époque de l'année ; les saisons agréables ne sont pas au grand air. » Emmérentienne ne fut pas de cet avis, elle trouvait que c'était un crime de rester à la maison alors qu'il faisait tellement beau. Évidemment à la recherche d'une occasion qui lui permît de garder Sylvio pour elle seule, elle fut heureuse de l'avoir trouvée et l'entraîna dans le jardin.

Tandis qu'il les regardait s'éloigner, Milrid soupçonna Grâce de s'être entendue avec Emmérentienne pour qu'elle les laissât tête à tête. À seule fin de rompre le silence, il lui demanda ce qu'elle avait fait depuis la veille.

Grâce lui répondit qu'elle avait lu sa lettre et que, depuis, elle ne faisait que l'attendre.

Cette réponse le mit mal à l'aise : il aimait à se sentir libre.

Elle lui demanda à son tour comment il avait passé la matinée. En lui posant cette question,

Grâce souhaitait des confidences, mais Milrid lui raconta qu'il avait été chez le coiffeur. « La boutique, dit-il, était pleine d'autres malades dont l'état semblait plus grave que le mien. Il y en avait de lamentables. Mais les Messieurs Chirurgiens ne paraissaient pas impressionnés, ils reconnaissaient leurs clients sans honte. L'un d'entre eux a même dit à un jeune homme : "Ah ! il y a longtemps que nous ne vous avons pas vu, c'est bien d'être fidèle. Qu'est-ce que ça sera aujourd'hui ?" Le jeune homme lui répondit que ce serait toujours la même chose : "Une coupe, une simple coupe, et, pour finir, une violette s'il vous plaît." Cependant, il ne l'appela pas Docteur, j'en fus surpris. L'opération terminée, le Docteur lui donna ce conseil : "Et maintenant, valsez." Aucune voix angoissée ne se fit entendre, personne ne demanda : "Qui me guérira de ces choses qui poussent ?" J'en arrive à croire que, pour la plupart, ces malades aiment à être opérés, car un Monsieur presque guéri, dont le crâne brillait déjà, se mit à annoncer comme une heureuse nouvelle : "À présent, c'est à mon tour, vous voyez, me voilà quand même ! — Mais oui, fit le chirurgien, il ne faut pas vous désespérer, vous nous donnerez encore beaucoup de travail." Le Monsieur alors suggéra un tonique. Je fus épouvanté. Par-dessus la cloison, une voix de femme arrivait jusqu'à moi et j'entendis ceci : "Mademoiselle, vendez-moi des poils pour mettre sur ma tête (dit-elle des poils ou des cheveux ? je ne me souviens pas bien), j'en veux de longs, d'invisibles, j'ai une profession, alors vous comprenez ?" Il parut plus prudent de quitter la boutique. À la porte, en sortant, j'ai dit : "Merci, Docteur", mais j'avais dû avoir affaire à un simple infirmier, car il sembla furieux et me traita grossièrement.

« Les gens sont susceptibles, continua Milrid, on les froisse sans le faire exprès. Je passe mon temps à oublier qu'ils sont beaucoup moins sûrs d'eux-mêmes que les bêtes et que, pour cette raison, ils craignent la moquerie et la soupçonnent partout. »

Grâce le regarda en riant. Elle lui dit qu'elle aurait voulu le connaître plus tôt et que leurs parents avaient été sévères en les empêchant de se voir.

Milrid lui assura qu'il avait quelquefois pensé à lui écrire, surtout après que Sylvio lui eut beaucoup parlé d'elle, mais que, la sachant très entourée, il n'avait jamais trouvé une raison valable pour le faire, « d'autant moins, ajouta-t-il, que je ne savais pas ce que tu pensais. Mais pourquoi parles-tu de sévérité ? Nos parents étaient des personnes primitives qui, à la suite d'une bataille au sujet d'un timbre, se divisèrent et vécurent en deux camps. On ne pouvait leur demander de traiter légèrement ce qui les intéressait ; ce n'était pas dans leurs moyens. Gardés et protégés par des cérémonies de toutes sortes, ils attachaient de l'importance à leurs positions respectives, sans même imaginer que, vus dans l'espace au cours de notre fuite, nous pourrions en rire ou nous en étonner un jour.

— Ainsi, fit Grâce, c'est à l'ombre d'un timbre que nous avons passé notre enfance. »

Haut contre le ciel d'orage, elle vit une effigie frappée dans l'amidon se détacher d'un rectangle bistre et, fuyant les malentendus, monter tout droit vers la région tempérée où les profils glorifiés s'expliquent.

Maintenant qu'elle connaissait la raison qui avait divisé leur famille, elle demeurait confondue par tant de poésie et ne pouvait croire que leurs parents n'y eussent jamais été sensibles.

« Il est vrai, dit-elle, que je ne me souviens pas d'eux comme de personnes qui transposaient les situations en groupes poétiques. Rien ne se dégageait des faits, qu'une leçon à ne pas oublier. Ils se méfiaient même des poètes autant que de quelqu'un qui, sans les connaître, les eût salués au nom de leur belle apparence.

« Mais, continua-t-elle, ils aimaient les farceurs et leur meilleur ami en était un. » Elle se souvient à quel point ce personnage, uniquement occupé à combiner de petites catastrophes, faisait alors partie de leur vie de province. « Sa façon de guérir le hoquet me rendait malade pendant plusieurs jours. Mes parents, dit-elle, ne se doutèrent jamais qu'ils eurent affaire en lui à un poète du diable, à un maniaque de stupeur. Ce terrible nom de farceur, que je supporte mal, les laissait indifférents. Quand, après un séjour qu'il fit à Sainte-Unefois, ma mère reçut de lui un bouquet d'éponges qui éclatèrent comme des bombes, et une lettre qui contenait ces mots : "Les roses ne font pas toujours ce qu'elles désirent ; celles-ci sont possédées de la folie ménagère", mon père déclara, en riant très fort, que la farce était excellente. Il ne fut pas question d'insolence. Ce Monsieur qui portait un mouchoir rouge en souvenir d'une blessure, s'appelait naturellement William sans que cela non plus semblât les inquiéter. »

Tout en écoutant Grâce, Milrid n'avait cessé de la contempler. Maintenant qu'elle se taisait, il aurait voulu qu'elle recommençât comme la veille à lui parler d'elle-même. « J'ai passé la nuit à chercher ton nom, lui dit-il à voix basse. Si je n'avais pas peur de te voir t'en aller, je t'appellerais Ange, comprends-tu ? »

Grâce ne répondit rien. Elle avait parfois pensé que sa seule excuse était d'être née par erreur, mais elle n'osait l'avouer encore. Tandis qu'elle réfléchissait aux paroles qu'elle venait d'entendre, un grand désespoir s'empara d'elle et ses yeux s'emplirent de larmes. « Je voudrais être une personne comme les autres, s'écria-t-elle soudain, mais j'épuise tout, la lassitude seule met un terme à mes erreurs, le sens du ridicule me tient lieu de conscience, et je me sens perdue. »

Milrid vint s'asseoir près d'elle ; il souffrait de la sentir malheureuse. « Grâce, Grâce, lui dit-il, ne te tourmente pas ainsi, tu te trompes sur toi-même, seule ta conscience te pousse à désirer un but humain, tu meurs d'envie d'une vocation irrésistible, et tu te refuses à admettre avec simplicité que tu es vouée aux passions. »

Grâce lui répondit froidement. « Je comprends, dit-elle, tu n'as pas confiance en moi. »

Cette phrase surprit Milrid. « Ce terme entre nous n'a pas de sens, fit-il, je crois en toi. » Il lui dit aussi qu'elle rapportait tout à ses gestes et que ses gestes lui importaient peu.

Grâce qui espérait une déclaration d'amour fut déçue de cette réponse. « Tu ne me comprends pas », murmura-t-elle, en le regardant de telle sorte qu'il se sentit pâlir.

Milrid, en cet instant, la comprit mieux qu'elle-même : il faillit la prendre dans ses bras. Il l'aurait embrassée s'il avait pu croire qu'ils en mourraient tous les deux. Seule la certitude qu'ils continueraient à vivre l'empêcha de le faire ; il était déjà résolu à ne pas la perdre.

Pour la distraire alors, il lui proposa de l'emmener faire une promenade ; il avait entendu dire qu'il y avait un étang de l'autre côté du village, et il pensa qu'elle aimerait se reposer au bord de l'eau.

« Viens, lui dit-il, la Malade y jette des pierres en ce moment et, tandis que des ondes semblables à celles du mal de tête, détendent leurs anneaux jusqu'aux limites du marécage, elle appelle son enfant invisible. "Je souffre, je souffre, murmure-t-elle, où est mon enfant qui s'amuse à faire faner ses doigts, car c'est son jeu. Il les suce de façon que l'extrémité en devienne ridée et blanchâtre, puis il m'oblige à les admirer : 'Voyez, ma mère, comme je les ai fanés, comme je suis délicat !' " Ce soir, elle ne sait pas que, loin d'elle, sous le seul arbre du pré, un juge interroge cet enfant sacrilège. On l'accuse d'avoir sonné certaines cloches probablement magiques qui font que les prêtres tombent en poussière avant le dernier mot de leurs cérémonies et que les paroissiens s'enfuient pour délirer à l'ombre, dans un état malsain. "Vous serez puni, voyez ces cendres, voyez ces foules ! — Poussière, poussière, répond l'enfant. Au ciel, les écharpes, les bêtes que nul ne monte, les œufs dans la main isolée, sur terre ma gloire, et les tours dans lesquelles j'enfermerai tout homme qui reviendra de voyage sans m'en rien rapporter. — Ah ! soupire le juge, je vois que j'ai affaire à plus fort que moi-même. Adorons Monsieur. — Silence, crie un Roi de passage, je veux entendre les secrets que ma bien-aimée murmure à d'autres : je veux mourir de chagrin." Une guêpe en bourdonnant me transmet les paroles de l'inconstante, je la devine au loin dans d'autres bras encore. "Qui es-tu ? dit-elle à un homme dont le destin est grave, d'où te vient ce beau costume ? — Je suis forçat, et prisonnier, ma Reine, mon âme est cette guêpe dont quelqu'un se méfie." Une bande de Sapajoux qui apportent des sourires au Pôle, apparaît à la lisière des bois. Ce sont des missionnaires. Au milieu des longues herbes dans lesquelles, pendant une heure, les jeunes filles s'enroulent pour raconter la même histoire, ils les recherchent afin de leur vendre des roulements de tambour ou de curieux itinéraires. À celles qui se brisent en risquant une confidence, ils offrent leurs beaux yeux de cauchemar pour qu'elles s'en amusent lorsqu'ils meurent avec l'aube. Rien de ce qu'ils contemplent ne se reflète en eux, car ils sont tout remplis de leur griserie malheureuse, tout pleins de bruits qui se figent en formes, de formes qui se fondent en larmes. Un petit carré blanc, et les voilà qui pleurent. Mais les jeunes filles préfèrent les yeux frômes[1] de certains, ou ceux, plus curieux encore, d'un marchand qui a vu rouge, rouge comme je vois blanc, lorsque je pense à toi, ma Colonne, mon Ange. Ce marchand ne possède que deux pas pour aller et venir. "Oh ! comme vous dansez bien", dit-il aux prome-

1. L'adjectif est manifestement inventé (il n'est attesté dans aucun dictionnaire).

neurs qui ne peuvent l'entendre. Les Sapajoux le craignent parce qu'il vient d'une terre chaude et qu'il est incrusté de bijoux magnifiques. Il voyage à l'ombre du vol incessant des colombes qui le protègent. L'une d'entre elles, toujours prête à le défendre, reste posée sur son épaule et garde parmi ses plumes des aiguilles empoisonnées. Grâce, l'automne prochain, quand je donnerai un bal à Sombre-la-Grande, j'ai l'intention d'inviter tous ces gens à venir danser pendant la nuit entière ; tu seras là aussi et, après leur départ, lorsque nous serons seuls, je te ferai cadeau du fameux timbre de nos pères. Je le trouve sans éloquence, mais il est possible que pour toi, il chante une berceuse à ses couleurs. »

Se tournant alors vers Grâce, Milrid la dévisagea. Son regard exprimait tant de douceur et d'attention qu'il en fut inquiet. Il ne la connaissait pas assez pour savoir quelles étaient les choses qu'elle prenait au sérieux. La crainte lui vint d'une responsabilité nouvelle, mais il en écarta aussitôt la pensée. C'est à ce moment-là que, brusquement, ils se levèrent pour aller rejoindre leurs amis. Comme ils traversaient le salon, leurs ombres se cassèrent au ras des moulures mélangées à celles de quelques fleurs ; la pendule sonna : « J'irai la voir un jour. » Milrid prit Grâce par la taille et la conduisit au jardin.

V

Grâce était à la veille de rentrer à Sainte-Unefois. La saison devenant froide, Madame Teck fermait sa maison mal chauffée. Elle repartait pour son pays, en emmenant Emmérentienne et Sylvio dont les fiançailles avaient été célébrées par un grand bal quelques semaines auparavant.

C'est à l'occasion de cette fête que Grâce avait écrit à Milrid pour la première fois. « Mon bien-aimé Milrid, m'aimerais-tu en bleu ? Ah ! comme on devient craintive quand on aime. Pompon, ma femme de chambre, trouve que cette couleur fait peur aux garçons. Elle me raconte que son fiancé lui arrachait son tablier quand il la rencontrait dans la rue Principale, et qu'il criait : "Vilain torchon bleu !" en s'enfuyant. Qu'en penses-tu ? J'ai été ravie de ta bonne humeur hier soir, mais mon plaisir est gâté parce que tu es vivant. Tu n'es que vivant, tout le prouve, et je tremble sans cesse de te savoir dans cet état-là. Être morts l'un près de l'autre et en avoir conscience, as-tu de ces désirs ? Tout ce qui mûrit fait si peur. Mille tendresses, mille *etcæteras*. Grâce. »

Dans sa réponse, Milrid l'avait assurée qu'il l'aimerait en bleu, et il la remerciait de penser à lui plaire.

Cependant, Grâce n'était pas heureuse. L'attitude de Milrid depuis longtemps déjà n'avait cessé de la tourmenter. Son humeur égale, son air de tout comprendre, sa façon d'éviter les aveux précis le rendait insaisissable et même lointain. Grâce qui s'attendait à une forme de dévotion différente de celle qu'il lui témoignait, vivait dans un état de nervosité extrême. Fatiguée d'être traitée en fantôme poétique, en personnage des Bienheureuses Limbes, elle désirait qu'il parût enfin sensible à son charme de belle personne. Elle savait à présent que l'on n'attend avec impatience que ceux qui pourraient venir et ne viennent pas. Son cœur battait d'autant plus fort qu'elle avait moins d'espoir.

Milrid s'absentait sans cesse ; parfois même, au lieu de la rejoindre aux rendez-vous qu'elle lui fixait, il lui envoyait des fleurs avec une lettre d'excuses dont chaque phrase pouvait s'interpréter de plusieurs manières, et Grâce qui l'aimait se trouvait ainsi forcée d'attacher un grand prix aux moindres attentions qu'il avait pour elle.

Milrid sentait très bien tout cela et y était sensible. Sans intention de faire souffrir Grâce, il se gardait d'elle avec soin.

Ne prétendant pas qu'elle pût avoir pour lui un sentiment différent de ceux qu'elle avait éprouvés pour d'autres, il avait raison de craindre son inconstance probablement inévitable après l'échange de quelques baisers-révolution. Il savait que ces baisers-là sont peu nombreux et qu'ils sont vite remplacés par le baiser-salut et le silence.

Grâce, qui fuyait les gens dont elle s'était lassée, se réfugierait une fois de plus dans ses rêves de purification jusqu'à ce que la prochaine aventure l'en fît sortir, et ainsi de suite jusqu'au moment où, ayant perdu toute confiance en elle-même et tout espoir, elle ne serait plus, comme d'autres, qu'un vilain paquet d'intrigues. Il se refusait à être l'un des échelons de cette déchéance possible. Désirant pardessus tout qu'elle gardât son allure d'étrangère passant ici par hasard, souhaitant qu'elle accomplît de grandes choses que seuls les quatre points cardinaux pourraient comprendre, Milrid avait décidé que, dans ce cas, il n'y aurait aucun baiser.

Il était déjà tard lorsque, cette nuit-là, il sonna à la porte de Madame Teck. Grâce cependant n'était pas couchée. Elle allait et venait dans sa chambre, suivie de Conquête qui tenait entre ses dents le bord de sa chemise de nuit. Au bruit que fit la sonnette, elle se pencha par la fenêtre et voyant que Milrid était en bas, elle l'appela doucement. Il y avait plusieurs jours qu'elle ne l'avait pas vu. « Viens, lui dit-il, allons nous promener. » Grâce hésita un instant, toucha ses tempes comme font les Reines quand une idée leur vient, prit dans l'armoire un manteau et un châle, puis descendit à petits pas. Un caillou grinça sous la porte du vestibule, tandis qu'elle la refermait derrière elle, et un instant plus tard, quand ses yeux furent habitués à l'obscurité, elle constata que Milrid avait disparu. Elle fit d'abord le tour du rectangle de lumière qu'une lampe restée allumée dans sa chambre projetait sur la pelouse, puis, ayant marché tout le long de l'allée serpentine, elle revint vers la maison. « Il se joue pour moi de jolies comédies, murmura-t-elle ; il ne me reste qu'à rentrer. » C'est alors que Milrid qui la surveillait de loin s'approcha d'elle sans bruit. « Je t'épiais », lui dit-il. Grâce trouva cela naturel. Il semblait heureux de la retrouver. « Où veux-tu m'emmener, fit-elle, tu sais qu'il est déjà très tard. » Milrid lui répondit qu'il voulait la conduire dans les montagnes et il l'entraîna vers la porte du jardin où la voiture les attendait. « J'ai même apporté de quoi souper, dit-il, nous pourrons nous asseoir au pied d'un arbre et regarder tranquillement devant nous. »

Les chevaux firent beaucoup de bruit en trottant dans les rues pavées du village, mais dès qu'ils eurent atteint les chemins de terre, leur pas devint lourd et berceur. Grâce et Milrid alors recommencèrent à parler. Comme il lui demandait si elle était toujours décidée à quitter les Sources le lendemain, elle lui expliqua les raisons qui l'obligeaient à le faire. « Mais, ajouta-t-elle, tu m'as promis de venir à Sainte-Unefois, y a-t-il une raison qui t'empêche de m'accompagner ? » L'idée plut à Milrid ; il accepta l'invitation. Il avait envie de la voir chez elle ; il avait toujours envie de la voir et de l'entendre.

Elle lui parla du Colonel Corse-Corse et de la Marquise, qu'il aurait souvent l'occasion de rencontrer. « Je les vois presque tous les jours, dit-elle, je crois qu'ils t'amuseront. Le Colonel passe son temps à célébrer des anniversaires et à numéroter les plans de ses projets de batailles. Les plaisirs de la Marquise sont complètement différents. Elle aime son jardin dans lequel on ne cultive que des plantes dont les noms lui plaisent : "Rutabagas, Coloquintes, Topinambours et Plombagos, avec des noms pareils, dit-elle, je fais le tour du monde, j'explore des tribus sauvages." Mais sa distraction préférée consiste à faire ce qu'elle appelle le grand écart, et qui n'est qu'un bond en arrière au centre d'années vécues. "Amélie, lui dit alors le Colonel, vous voulez remettre la robe bleue de vos vingt ans." Elle raconte qu'un nommé Gratien lui faisait tel et tel compliment dans lequel il n'est question que de fossettes à la naissance des jointures et de cheveux qu'on coiffe en chantonnant. Elle prétend que sa voix fut belle. "Et si je n'ai jamais été très forte pour retenir les paroles des chansons, j'étais de premier ordre pour les vocalises. 'Cruelle, me disait Gratien, pensez aux rossignols.' Il avait des yeux, des yeux à vous faire tourner le cœur." »

Grâce continua en disant que le Colonel lui avait affirmé que la Marquise chantait affreusement, et en tordant sa bouche d'une façon ridicule.

Milrid s'amusait beaucoup de ces histoires.

« Quand tu seras fatigué d'eux et de Sainte-Unefois, dit Grâce, tu pourras rentrer à Sombre-la-Grande, et ce sera à mon tour de venir te voir. »

Milrid lui décrivit alors la maison, les larges pièces, les parquets brillants comme des mares, et la chambre toujours inhabitée, tendue de satin rose, dans laquelle il s'enfermait enfant pour débiter des insolences.

Il parlait avec détachement. Rien de ce qui était fait pour durer plus longtemps que lui-même ne lui donnait le sentiment de la propriété.

Un peu plus tard, pendant la promenade, Grâce s'enveloppa les épaules de son châle. Le vent était glacé et comme chargé de neige. Lorsqu'ils arrivèrent à l'un de ces carrefours dont les bois sont remplis et qui, tous, s'appellent à peu près « La Croix des Quatre Chemins », ils descendirent de voiture et se dirigèrent à pied vers un endroit que Milrid avait choisi. C'est alors seulement que Grâce s'étonna de l'idée qu'il avait eue en voulant l'emmener souper en plein bois, à une heure pareille.

« Je devais être très jeune, raconta Milrid, quand quelqu'un parla devant moi d'escarpins en cuir de Russie. Cuir de Russie. Escarpins. Ces mots me firent rêver. Pourquoi ? Chaque fois qu'ils se présentaient à ma mémoire, j'imaginais un homme qui entrait en pleine nuit dans une papeterie de village faiblement éclairée. "Bonjour, Madame la Papetière, avez-vous des points d'exclamations ? — Mais oui, Monsieur. — Des points d'exclamations pour dames ? — Dames et Demoiselles. — Ah ! Ah ! très bien (très bien est parfait), je veux écrire à une dame un récit de voyage, car je pars demain pour la côte ; notez qu'elle porte des escarpins en cuir de Russie. — J'ai tout ce qu'il vous faut. — Donnez-moi aussi des parenthèses pour le cas où j'aurais envie de prier, et mettez le tout dans une boîte. — Prier ? mais vous n'êtes pas d'âge. — Taratata, tous les gens de ma famille sont personnages d'importance, tous mûrs, très mûrs, je sais ce que je dis, mon père qui porte un col est mûr à souhait." Puis, traversant la rue, il entrait à la pâtisserie. “Bonsoir, Pâtissière, je voudrais trois de ces galettes pointillées de raisins. Merci. Bonsoir.” Arrivé devant une grande maison, il sonnait à la porte. Une jeune Demoiselle avec couronne se penchait à la fenêtre. “Viens, allons nous promener.” Elle descendait bien vite, en tenant à la main ses jolis escarpins en cuir de Russie, et c’est depuis que tu m’as dit en posséder une paire que je veux t’emmener souper dans les bois, comme il le fit, car je crois que tu es cette dame. Mon bonhomme disposait par terre une écharpe de blonde, en l’air des bougies que rien ne soutenait, et autour d’un petit feu, des animaux en verre soufflé, tigres et hérissons. Tandis qu’il arrangeait tout cela, il sifflait et souriait tour à tour, puis, s’asseyant près de sa demoiselle, il lui offrait une galette. “Galettes aux mouches ? — Non, non, je n’en veux pas. — Mais, goûtez-y, vous les aimerez peut-être. — Ah ! comment pouvais-je prévoir qu’elles seraient confites ; c’est exquis, ces petites bêtes, merci, merci beaucoup. — Vous me rendrez fou, mademoiselle, ces escarpins, ce cuir. Ah ! Ah ! hélas ! je pars demain pour la côte, mais je vous enverrai une belle lettre, vous permettez ?” Du bout de sa canne, alors, il traçait un A dans la terre de bruyère. Ainsi il prenait grand soin de la distraire jusqu’au moment où, se précipitant à ses pieds, il lui volait ses jolis escarpins et s’enfuyait en criant : “Un gage d'amour, un gage d'amour !" Et je le voyais parcourir le monde avec ses chers trésors pendus à son cou. »

Grâce aurait préféré que Milrid ne lui racontât rien de tout cela. Appuyée contre lui, elle grignotait un gâteau sec en regardant le ciel pâlir. Ce n'était pas pour lui faire des aveux, ni même pour le plaisir d'être seul avec elle, que Milrid l'avait conduite dans le lieu romantique : elle n'était là que pour une bêtise, un rêve d'enfant. Pourquoi avait-il dit qu'ils pourraient regarder tranquillement devant eux ? Allait-il fuir aussi en emportant ses pantoufles ? Rien n'était impossible.

C'est alors que, se servant à boire, elle se mit à rire drôlement. Milrid se pencha vers elle. Sa beauté, ce matin, son air las et abandonné le frappa comme jamais encore. Il se sentit envahi par la lumière qui se dégageait d'elle et, oubliant toutes les résolutions prises, il la saisit dans ses bras.

Grâce vit de tout près son visage et ses yeux. Trois yeux. « Non, non », dit-elle tout bas.

Certaine de ce baiser, elle voulait à présent en prolonger l'attente.

« Grâce, murmura Milrid.

— Non, non », dit-elle encore.

Il la serra plus fort, puis la repoussa doucement.

« Tu as raison, il vaut mieux pas, dit-il, mais il y a en toi quelque chose qui me fait parfois oublier qui tu es. Pardon ! »

En entendant ces mots, Grâce se sentit perdue. Elle voulut répondre, car ses lèvres s'entr'ouvrirent ; cependant, au lieu de parler, elle regarda tranquillement devant elle. Ils restèrent ainsi silencieux, toujours appuyés l'un contre l'autre, écoutant les bruits d'alentour qui obéissaient déjà aux fantaisies classiques de l'arrière-saison, et quand ils se levèrent enfin, il faisait tout à fait jour.

En traversant la campagne, sur le chemin du retour, ils ne virent que des chiens jaunes et des bols fumants. Milrid serrait les mains de Grâce entre les siennes, ils échangèrent des regards mais ne dirent pas un mot. Un peu plus tard, en le quittant, elle voulut qu'il emportât les jolis escarpins en cuir de Russie qu'elle avait posés devant eux, sur la banquette, et elle lui dit : « À tout à l'heure. »

Il y avait longtemps que Pompon était levée lorsque Grâce regagna sa chambre. Se jetant tout de suite sur son lit, elle éclata en sanglots. Pompon, qui faisait les valises, s'approcha d'elle alors et essaya de la consoler. Elle lui caressa la tête et lui dit bien des choses. Mais, au bout d'un moment, comme Grâce pleurait encore, sa voix se fit grondeuse : « Il ne faut plus penser à lui, dit-elle, c'est un méchant. »

VI

Milrid retrouva à Sainte-Unefois un grand nombre d'objets semblables à d'autres qu'il possédait à Sombre-la-Grande.

« Quoi de plus naturel, lui répondit Grâce lorsqu'il lui en parla, les gens destinés à mal s'entendre commencent toujours par se copier. »

Milrid ne savait pas que Grâce pût parler sur ce ton. Elle voulut qu'il visitât toute la maison. Depuis la mort de ses parents, elle y avait changé peu de chose. Seuls, les portraits de famille dans la galerie du premier étage avaient été alignés par ordre de laideur : Grâce trouvait cela plus gai.

Elle le conduisit même à sa chambre. C'est là qu'il remarqua, près du lit à hauts piliers dont elle paraissait fière, un coffret de bois noir décoré de petites croix de plusieurs couleurs.

« Que veulent dire ces petites croix ? » lui demanda-t-il.

Grâce expliqua qu'elles représentaient des moments de plaisir, des rêves et des élans.

« Lorsqu'ils sont épuisés et prêts à mourir, ajouta-t-elle, je les tue tout à fait. Je me débarrasse des agonisants. Puis j'enfonce ma tête dans ce coffre, je murmure un éloge et je trace une croix sur ce couvercle. S'il s'agit d'un ami, je décris parfois sa mort. J'y range aussi des lettres. »

Elle souleva le couvercle au fond duquel était inscrit en majuscules faites de papier découpé : « Vole, vole, pigeon voyageur, emporte ces petites âmes. »

Sur une enveloppe, Milrid put lire cette phrase : « Derniers moments de Sylvio. »

« Derniers moments de Sylvio, dit-il, voilà qui est curieux. » Et il supplia Grâce de lui en faire la lecture. Elle parut ne pas l'entendre. « Pauvre Sylvio, soupira-t-elle, il n'a pas eu de chance. » Cependant, comme Milrid insistait, elle se laissa convaincre et lut :

Un soir, passant en Arménie, j'entrai dans un beau magasin. « Le Comte Sylvio est-il dans sa boutique ? demandai-je. — Oui, noble dame, ou madone peut-être ? — J'aimerais le voir. — Veuillez attendre ; je vais le chercher. »

À travers l'étalage, je regardais passer ces voitures chargées de copeaux que l'on rencontre toujours en voyage, et qui sont traînées par plusieurs chevaux pies ou par des chèvres. Un bruit de pas me fit tourner la tête et je vis le serviteur arménien du Comte qui arrivait le portant dans ses bras. « Sylvio, Sylvio, m'écriai-je, le croyant déjà mort, qu'avez-vous ? — Dès que mon serviteur m'aura déposé sur le comptoir, je vous répondrai, mon idole. » C'est alors que je remarquai que Sylvio était, de la tête aux pieds, comme une momie dans ses bandelettes, entouré d'étroites bandes de papier d'Arménie. « Ma chérie, me dit-il, j'ai décidé de mettre fin à mes jours. Je veux mourir pour vous à la mode antique de ce pays dont je suis un notable, et il faut que ce soit votre main qui porte le feu au bout du long serpentin qui m'enveloppe. Sous mon talon gauche, en voyez-vous l'extrémité ? — Oui », répondis-je, et j'allai chercher des allumettes. Le serviteur ricanait, j'en conclus qu'il devait comprendre. Au moment où le papier commença à rougir, m'enlaçant de volutes parfumées (qui ne serait troublé par l'exquise odeur du papier d'Arménie ?), je fus saisie d'émotion devant ce sacrifice qui se consommait pour l'amour de moi. « Aimez-moi, aimez-moi, pleurait Sylvio grillant. Pourquoi ne pas m'aimer ? — Je ne puis, Sylvio, répondis-je, que votre destin s'accomplisse, je vous l'ai dit mille fois, je n'aime que les fleurs. » Lorsque le Comte Sylvio fut mort, je me sentis plus tranquille et je rentrai à Sainte-Unefois pour déposer ce récit dans mon coffre.

Sa lecture terminée, Grâce, avec un soin extrême, remit le papier dans l'enveloppe.

« C'est ainsi, conclut-elle, que le pauvre Sylvio disparut. »

Milrid la remercia de l'avoir trouvé digne d'une telle confidence. Grâce lui recommanda d'être discret.

Ils passaient certains soirs dans la chambre d'en haut. Avant que Milrid y fût monté pour la première fois, Grâce, afin de l'impressionner, avait disposé de-ci, de-là, sur les meubles, quelques-uns des pistolets de son père. Milrid s'en étonna.

« Je suis parfois d'humeur sérieuse, lui avait-elle déclaré, l'arme à feu a du bon, je m'en sers à tout propos. Quand je laisse la porte ouverte, il arrive souvent que quelqu'un me regarde par la petite fenêtre du palier. Je sais que c'est toujours une personne ennuyeuse qui va chanter pour moi et me mettre dans l'embarras. Je bondis alors en poussant le cri de guerre de mes ancêtres : "Faites voltiger les têtes d'épingle !" et je tire jusqu'à disparition. »

Voyant que Milrid gardait un air de doute, elle répéta : « Faites voltiger les têtes d'épingle ! » et fit de la main un geste léger. Milrid l'aimait. Grâce, cependant, n'en était pas sûre et ne cessait de s'inquiéter.

Parfois, ils allaient dans le parc qui était vaste et livré à lui-même. Milrid s'y perdait facilement. Grâce lui raconta que, sans se tromper parmi l'enchevêtrement des allées, il lui était arrivé de courir en pleine nuit de sa chambre à une terrasse lointaine, afin d'enfouir quelque trésor dans le tronc d'un arbre foudroyé.

On ne pouvait faire le tour de cette contrée à l'abandon qu'en marchant sur la crête du mur qui en marquait la frontière, et encore fallait-il prendre soin d'en descendre chaque fois qu'une porte s'ouvrait sur la campagne. Des statues de chasseurs s'élevaient au centre des clairières. Grâce montra à Milrid le vieux réservoir dont son père n'oubliait jamais de dire que c'était « une merveille pour l'époque » ; elle le conduisit auprès d'un bassin allongé sur lequel flottaient souvent des bouquets d'aiguilles mortes et des groupes de petits cônes. C'est dans l'eau de ce bassin que Grâce devait un jour se regarder en allant chez la Marquise où Milrid l'attendait.

Elle se regarda d'abord aller et venir, puis s'asseoir, puis courir d'une fenêtre à l'autre et se pencher sur la rampe de l'escalier pour voir un bel officier en vert et noir monter, monter vers elle, la prendre dans ses bras et lui apporter des fleurs. Il ne la connaît pas, mais, sur sa route, au retour des colonies, il a été frappé par la belle apparence de cette demeure et il s'est demandé qui diable pouvait bien habiter là. Justement c'est elle. Quelle chance ! et il lui offre les fleurs que tout galant homme porte toujours à la main. Voilà. Est-ce tout ? Non, il continue sa route. « Halte ! », c'est un terme militaire qu'il doit comprendre. « Vous m'avez oubliée », mais il ne l'entend pas. Grâce se regarda courir d'une fenêtre à l'autre et agiter une petite main molle qu'il ne vit pas. Il était déjà loin et il avait emporté les fleurs. « J'ai eu tort, j'ai eu tort, murmura-t-elle, je n'aurais pas dû m'y laisser prendre, j'ai dû avoir affaire à un aventurier. J'aimerais bien, moi aussi, avoir un nom, une excuse à une spécialité. »

D'assez loin, elle regarda passer le triste jardinier courbé en deux vers ses plantes. Drôle de jardin. Les salades étaient aussi plates que des pieuvres, les épinards avaient les feuilles trouées et les œillets mignardise débordaient sur la cressonnière. Tout poussait en rampant. Au-dessus du tonneau d'arrosage, s'élevait une colonne de moucherons et de moustiques. « Que de danger », pensa Grâce.

Puis elle vit une dame en deuil qui s'avançait vers elle en saluant de la tête. Grâce devina que le paquet qu'elle portait à la main contenait de la charpie pour la Mère supérieure dont la figure devait être gercée. Elle se regarda accompagner cette dame, monter avec elle un étage et arriver chez la Mère supérieure. « Aimable vieille, vous me gâtez par trop ! Toute cette charpie pour moi ! Comment vous remercier ? Vous plairait-il de visiter la maison ? » Grâce se sentit mal à l'aise en voyant la vieille dame relever très haut ses jupes et descendre à toute vitesse jusqu'en bas.

« Voici d'abord notre infirmerie, expliqua la Mère supérieure, je n'y viens que rarement. C'est dans cette pièce-ci que mon canari et mon mimosa sont morts le même matin de la jaunisse. Pauvres petits êtres sans paradis, on souffre de les voir mourir, on déteste les perdre. Cependant, je savais bien que cela devait arriver tôt ou tard, cette couleur jaune ne me disait rien qui vaille. » Et avançant la tête, elle laissa couler quelques larmes entre les barreaux de la cage vide. Grâce éprouva tout à coup un grand désir d'être seule et de s'asseoir. C'est alors qu'ayant demandé la permission de se retirer, elle monta sur le toit pour se reposer à l'air frais.

Son cœur en elle pesait aussi lourd que s'il eût contenu le poids de tout son corps. Elle se sentit sans emploi, sans raison de vivre, morte, déjà oubliée, et toute pleine cependant de l'unique désir d'être aimée, aimée par n'importe qui et n'importe comment. Elle supposa que les mortes devaient ainsi supplier des ombres. Elle se rappela une première rencontre, un chapeau qu'elle tenait à la main, le sentiment d'être belle et admirée par tous les passagers d'un voilier en détresse sous une feuille immense. Tout cela était fini, elle n'attirerait plus jamais l'attention de personne. Assise sur le bord du toit, les jambes ballantes dans le vide, elle regarda Pompon coudre dans la lingerie près du poêle de fonte sur lequel s'alignaient les fers à repasser et Conquête, à côté d'elle, dormir sur le dos dans son panier d'osier un peu défraîchi. Grâce sourit en pensant au petit ventre rose parfaitement nu et mou.

Un peu plus tard, elle tourna les yeux vers l'extrémité du village où se trouvait la maison de la Marquise. Elle distingua sans peine Milrid et le Colonel qui parlaient debout, appuyés contre la cheminée, et elle remarqua même que Milrid ne cessait de regarder sa montre. Il était impatient. Grâce cependant n'avait nulle envie de se presser. Elle se trouvait bien là-haut. Tranquille, presque introuvable, elle décida de ne jamais redescendre et de passer le reste de sa vie à les surveiller et à se moquer d'eux. Le matin, elle ferait du beurre, le soir, elle repriserait les bas et, pendant des heures et des heures, elle rirait comme une folle en se moquant d'eux tous.

« Je mourrai en état de péché », dit-elle et cela déjà la fit rire.

Elle sentit que l'heure devenait difficile à traverser pour les choses qui en avaient assez.

« Tant pis, dit-elle encore, j'abandonne la planète, je ne me mêle plus de rien, j'ai épuisé mes secours. »

Elle s'amusa de voir un mendiant cueillir sur la plaine le dernier champignon de l'année, une enflure vénéneuse dont il mourrait dans la nuit de Noël.

« Je puis enfin jouer de bons tours à tout le monde », murmura-t-elle dans un soupir.

Bientôt après, elle aperçut Milrid qui tenait à la main un journal déplié, sortir en courant de chez la Marquise : « Mademoiselle de Sainte-Unefois a disparu. Ceux qui craignent de ne l'avoir pas bien comprise veulent fonder une religion nouvelle. »

« L'amour cause bien des apparitions, criait Milrid ; aimons-la, aimons-la pour qu'elle revienne. »

En entendant ces mots, Grâce fut tentée d'apparaître, mais ne sachant choisir entre la forme Madone et la forme Déesse, elle se perdit dans une méditation et laissa le temps passer.

Entouré de tous ses personnages et leur demandant conseil, Milrid à présent s'agitait : « Grâce, Grâce », appelait-il de tous côtés, cependant que, figée dans une sagesse extrême, ses beaux yeux d'ange gravement à la recherche de son corps céleste dans l'espace, elle demeurait silencieuse.

Chaque feuille morte par terre abritait une goutte de pluie. Le sol était ainsi jonché de mains soigneuses, plus fines que d'autres mains. Il faisait un temps triste, très gris, malgré la nuit venue. Grâce se sentit de plus en plus légère au fur et à mesure que s'écoulaient les moments les plus heureux de sa vie ; on l'appelait, elle ne répondait pas, elle était souveraine. Quelque araignée du soir, depuis peu sortie d'une bûche, grimpa le long de son bras sans qu'elle fît le moindre geste pour l'en faire partir. Elle était prête à se laisser dévorer par n'importe quel monstre de passage : un monstre beige, de préférence.

Aux fenêtres, beaucoup de dames battaient des oreillers. « Dormirai-je dans le vent ? » pensa Grâce ; puis, sans se laisser distraire par des projets d'avenir, par la griserie de cette vie nouvelle qui ne lui apportait que des succès, elle décida soudain de mourir sans un mot. « Mademoiselle de Sainte-Unefois mourut le matin d'une grande fête. Elle n'eut pas de dernier mot. Ses yeux fermés depuis longtemps ne restèrent fixés sur aucune chose, sur nulle fleur au pli d'un rideau. »

« Qui racontera l'histoire, qui sera mon témoin ? se demanda-t-elle un peu troublée à l'instant du départ. Tant de liberté m'inquiète. »

Cependant, elle n'eut guère le temps de réfléchir : un cheval déjà l'attendait. Il s'était détaché d'une troupe de chevaux qui passaient non loin de là portant en panoplie les habits d'autres voyageurs. Elle lui confia les siens, prit sur son dos le drap blanc de ses apparitions futures et se dirigea vers les étendues gélatineuses avec beaucoup de naturel.

À son retour de chez la Marquise, Milrid traversa le bois et passa près de Grâce qu'il ne vit pas dans l'ombre. Elle poussa un cri. « Tu m'as fait peur », dit-elle.

Milrid lui répondit qu'il ne l'avait pas vue. Grâce alors remarqua qu'il faisait sombre : elle en parut étonnée.

« Je me suis attardée », fit-elle, puis elle voulut savoir si Milrid l'avait attendue.

« Oui », dit-il, et il ajouta : « J'étais inquiet de toi. »

Cette réponse compliqua les choses. Grâce ne sut que préférer. Elle abandonna pourtant ses trésors en désordre, sa disparition mystérieuse tellement bien réussie, toute une existence qui devait tant prouver en sa faveur et l'éternité dont elle avait déjà pris l'habitude. Sans prononcer un mot, suivant exactement l'exemple qu'elle venait de se donner, elle déplia son châle et marcha doucement vers Sainte-Unefois.

« Je reste quand même introuvable », soupira-t-elle au cours de la soirée.

C'est après avoir entendu ce soupir que Milrid lui noua autour du cou ce ruban qu'elle devait passer des heures à plier de différentes manières et qu'il lui dit :

« Ta tête se trouve ainsi joliment séparée. »

Grâce, plus tard, se souvint de cette phrase et l'écrivit dans son journal.

VII

Un jour, comme il pleuvait, Milrid décida qu'il jouerait des valses. « Je me fais mal, je me rends malheureuse », murmura Grâce en l'écoutant, mais elle se laissait griser. De temps en temps, elle battait la mesure en balançant un pied, regardait Milrid qui disait « chut », puis souriait. Il paraissait sûr de lui. Son air d'homme libre que rien ne touchait faisait souffrir Grâce que plusieurs semaines d'efforts n'avaient pas assagie.

« Où veut-il en venir ? avait-elle dit à Pompon dans des moments de mauvaise humeur, je ne puis supporter cette vie d'impatience, j'aime mieux tout abandonner, je n'ai pas la force, comprends-tu, je n'ai pas la force. S'il partait demain pour ne jamais revenir, je n'en aurais aucun regret, il me lasse, je me sens épuisée. »

Elle décidait alors d'être froide et indifférente et de faire ainsi comprendre à Milrid que son séjour à Sainte-Unefois avait assez duré. Cependant, elle ne put jamais garder cette attitude. Milrid la taquinait. Grâce ne répondait rien, elle se contentait de baisser les yeux et de paraître méditer. Milrid ne s'y trompait pas. Parfois, pourtant, lorsque Grâce serrait son front entre ses mains faisant ainsi grimacer tout le haut de son visage, il devenait inquiet. Mais, d'autres jours, quand il la regardait aller et venir dans la maison, rangeant des objets sur les tables et donnant à tout ce qui l'entourait une apparence glacée, il se sentait fier d'elle et de lui-même. « Comme elle vit peu, songeait-il, comme elle me plaît ainsi ! »

Dépaysée et perdue, Grâce disait de belles choses, elle s'amusait de jeux simples. Ouvrant de petits sacs d'où s'échappaient des oiseaux parés de collerettes en feuillage découpé, elle riait de leur drôle d'allure et battant des mains, elle s'écriait :

« Hélas ! je ne suis pas cruelle, j'aime plaire à tort et à travers, j'aime le plaisir. »

« Si je lui faisais des aveux, pensait alors Milrid, elle ne serait plus la même, ma soumission ne pourrait lui suffire et elle se perdrait pour toujours. »

Tandis qu'elle écoutait les valses, Grâce, dans un souffle, parlait à Conquête couché en rond sur ses genoux. Au bout d'un long moment, Milrid s'interrompit et la regarda :

« Tu portes aujourd'hui un bien joli costume », lui dit-il.

Grâce rougit : « J'ai parfois de drôles d'idées », fit-elle. Puis, comme elle se levait pour sortir, Milrid la rejoignit et la saisit par le bras :

« Tu sembles triste, qu'as-tu ? » demanda-t-il.

Grâce répondit qu'elle se sentait inutile et abandonnée. « Nul ne me fête, dit-elle soudain, on me traite en personne ordinaire, mais je me vengerai un jour en te prouvant qui je suis. Laisse-moi », ajouta-t-elle et elle quitta la pièce.

Après qu'elle fut sortie, Milrid demeura pensif. Il se sentait injustement accusé.

« Je ne cesse de lui faire comprendre que je la reconnais, murmura-t-il tristement, mais ce n'est pas tout ce qu'elle désire. Est-il possible de souffrir davantage : je l'aime et je dois m'en priver. »

Grâce était faible. Milrid croyait d'autant moins en sa constance qu'elle trouvait toujours une excuse poétique à ce qu'elle appelait ses extravagances :

« Je vais dans la vie, disait-elle, distribuant un grand nombre d'"à tout à l'heure" et d'"à tout prendre", je ne donne rien. »

Milrid en doutait. Sans s'avouer jaloux des futures amours de Grâce, il les craignait pour elle comme il eût craint une mauvaise mort. Il se rappela une phrase de Sylvio : « Elle perd ses dons et son génie et il ne reste d'elle qu'une assez belle jeune fille qui vous serre le cœur. »

« Je ne puis contribuer à son amoindrissement, soupira-t-il, hélas ! je n'ai pas confiance. »

Comme il retournait au piano, Grâce passa sur la Terrasse du Nord. Son manteau un peu vague, battu par le vent, s'entr'ouvrait sur cette robe qu'il venait d'admirer. Il ne pleuvait plus. Un écureuil en courant tout le long de la balustrade, fit aboyer Conquête. Grâce sembla s'en amuser. Elle devina que, du salon, Milrid la regardait ; aussi se tourna-t-elle vers lui afin de lui sourire, puis, s'approchant de la fenêtre, elle y appuya la main. Ils se regardèrent un moment à travers la vitre et se parlèrent sans pouvoir s'entendre. Grâce rit ; elle tapa des pieds.

« Un Monsieur s'est ainsi brisé les doigts », déclara Milrid.

Grâce, à tout hasard, répondit :

« À mort, à mort, nous manquons de tout. »

Ils se firent ensuite de grandes révérences, Milrid prétendit être en habit et imita un pas de patineur. Grâce fit semblant de boire et de précipiter sur les dalles un verre qui rebondissait. Elle leva les yeux au ciel et montra du doigt un nuage. Mais, tout à coup, leur humeur changea. Écrasant alors leurs visages au carreau, ils se défigurèrent l'un pour l'autre sans peur du ridicule, puis, par bien des gestes inconsidérés, cherchèrent sérieusement la façon de se joindre. Leurs lèvres glissaient dans la buée déposée par leur souffle. Sans prétendre jouer, ils échangeaient des baisers aplatis qu'ils n'osaient interrompre et, quand la nuit venue, stupéfaits d'impudeur, désireux de commettre un péché enfin grave, ils appuyaient ensemble leurs dents contre la vitre, le grincement les confondait et leur faisait plaisir.

Avant que Milrid pût comprendre pourquoi, Grâce, brusquement, s'éloigna de la fenêtre : la pluie tombait à verse. Il courut jusqu'au vestibule.

« Grâce, s'écria-t-il, d'où viens-tu ? Tu es trempée, allons nous asseoir près du feu.

— Oui, répondit-elle, mais je vais d'abord demander à Pompon de nous apporter du thé. Attends-moi un instant. »

Lorsqu'un peu plus tard, elle revint au salon, traînant comme souvent, des manteaux et des châles, Milrid vint à sa rencontre et lui dit :

« Grâce, tu es une personne, ah ! quelle personne !

— Peut-être bien », murmura-t-elle avec indifférence.

Pompon déposa le thé devant la cheminée, alluma les lampes, ferma la porte sans bruit et retourna à ses armoires. Rien ne devait troubler l'air soigné de cette maison dans laquelle des habitudes semblaient responsables de tout. Assis l'un près de l'autre, Milrid et Grâce à présent n'osaient se regarder. Elle lui demanda s'il prendrait du thé. « Léger », répondit-il, et ils se turent. Cependant, comme ils se penchaient un peu afin de saisir dans la glace le reflet d'une vitre brouillée à l'autre bout de la pièce, leurs regards se rencontrèrent. Grâce haussa les épaules. Ce geste déplut à Milrid. Il aurait voulu la distraire.

« Je te veux grande, lui dit-il, et heureuse. »

Grâce répondit qu'elle ne comprenait pas.

« J'ai besoin d'échange, confessa-t-elle, je rêve de bras. »

Milrid lui répondit qu'elle avait besoin de se perdre mais qu'elle l'ignorait.

« Je souffre, continua-t-elle, et pourtant, je ne me prends pas au sérieux. » C'est alors que, le suppliant de la rassurer, elle s'écria : « Tu me fais peur, Milrid, rassure-moi, dis-moi que tu m'aimes » et elle ajouta : « Un peu.

— Folle, dit-il, je tiens à toi. »

Cet aveu ne suffit pas à Grâce. Milrid, sans intention, souriait.

« Tu peux rire, lui dit-elle, devant moi qui ne durerai que ma vie, devant moi dont rien ne débordera sur aucune marge. Tu n'as probablement pas de cœur. Ah ! Milrid, pourquoi ne pas m'aimer pendant que je bouge encore ? » Elle s'interrompit. « N'es-tu jamais ému de me voir ainsi aller et venir, aller et venir ? » ajouta-t-elle à voix basse. Elle ne pouvait comprendre qu'il se refusât à lui faire la cour ; à la tranquilliser enfin. Sa méfiance la blessait.

« Tu es un vaniteux », dit-elle encore.

Il allait lui répondre lorsque Pompon ouvrit la porte.

« Une visite pour Monsieur Milrid », annonça-t-elle, et un jeune homme entra.

« Bonsoir », s'écria Milrid.

Grâce, dans l'ombre, ne bougea pas.

« Bonsoir, répondit le jeune homme. Je ne sais plus qui m'a dit que vous étiez ici. Cette belle maison vous appartient-elle ? De passage ce soir dans les environs, je viens vous demander de dîner avec moi. »

Milrid s'excusa. Il affirma qu'il ne pouvait se rendre libre et, désignant Grâce, il ajouta :

« Je sors avec Madame et Madame est une blanche colonne, Madame est une morte déjà. Ça amuse. »

Le visiteur parut étonné.

« Je ne comprends pas, dit-il. Quelle est cette personne ?

— Chut ! fit Milrid, c'est la gloire de l'année. »

Le nouveau venu fit un pas.

« Vraiment, demanda-t-il, et qui l'a faite ?

— C'est moi à l'aube, au seul instant glacé ; pâle et toujours inquiète, je la protège et la contemple. Ne suis-je pas renversé ? Elle a gagné cette renommée en froissant des pailles, oui, seulement des pailles. »

Tandis que Milrid parlait, le jeune homme regarda Grâce. Elle le sentit et se tourna vers lui juste comme il fallait. Milrid s'en aperçut. Le visiteur perdit la tête.

« Au restaurant, sait-on son nom ? demanda-t-il. Ne vous moquez pas, je veux l'aimer. »

En entendant ces mots, Grâce devint plus pâle. Faible, à demi grisée, ne pensant plus qu'à plaire, elle retrouva soudain ce trouble des conquêtes qu'elle avait tant aimé et s'y abandonna. Milrid ne compta plus.

« Dites-moi son nom, je veux l'aimer. »

Milrid ne répondit pas, mais se pencha vers Grâce :

« Mon amour blanc, mon ange, un fruit pendant que le temps passe, un grain de raisin difforme ? Il est onze heures.

— Non, non, répondit-elle, j'en ai plein la gorge. Donne-moi, donne-moi plutôt quelque chose qui t'appartienne pendant que le temps passe, une bulle de salive que je briserai.

— Grâce, c'est bien toi qui me parles, tu ne riras plus jamais, distraite ?

— Non, non, dit-elle, je t'aime, je suis dévorée, et la grande fatigue que tu me causes fait que je tremble à merveille ; il faut bien vivre, n'est-ce pas ? »

Puis, levant les yeux vers le visiteur, elle parut s'évanouir.

« Ah ! Milrid, soupira-t-elle, ne me quitte pas, toujours quelque chose m'emporte. Garde-moi serrée, c'est mon vœu, mon cri, restons ainsi l'un contre l'autre à regarder plus bas les autres qui se brisent.

— Mon amour, mon ange parfait, dit le jeune homme, bonsoir », et il sortit.

Grâce sursauta.

« Nous l'avons peut-être blessé », fit-elle.

Elle voulut que Milrid tentât de le rejoindre et insista même afin qu'il le retînt à dîner. À la fois ennuyée de ce départ et gênée de la confusion que cette scène avait fait naître, elle décida de n'y être pour rien, donna les torts à Milrid et murmura : « Ce n'est pas moi qui ai commencé. » Quand, un instant après, il revint seul, expliquant que cet ami était un garçon triste qui, depuis un malheur, ne plaisantait jamais et qu'il avait préféré partir, elle parut plus ennuyée encore. Sa mine déçue agaça Milrid, ses reproches l'étonnèrent.

« Puisque tu le savais triste, lui dit-elle, pourquoi t'es-tu moqué de lui ? Comment pouvait-il comprendre ? » Elle continua en l'accusant de l'avoir fait exprès pour qu'il ne restât pas.

Milrid lui répondit froidement qu'il ne l'empêchait de voir personne.

« Ce jeu pourtant semblait te plaire, dit-il, pour qui parlais-tu à l'instant ? N'étais-tu pas déjà… »

Grâce poussa un cri.

« Tais-toi, tais-toi, supplia-t-elle, tu es un menteur.

— À quoi bon te contredire ? répondit-il affligé, tu nies l'évidence, tu refuses d'admettre tout haut ton penchant à inspirer l'amour, à te servir de tes beaux yeux et tu as peur de moi comme si j'allais te mépriser. Ce jeune homme, du reste, est charmant. »

Grâce prétendit qu'elle ne l'avait pas regardé.

C'est ce soir-là que, s'étant retirée de bonne heure après le dîner, Grâce frappa doucement à la porte de sa chambre, attendit un signal et entra.

« Ce n'est que moi, dit-elle, je suis une personne sans excuse. Les autres ont des ficelles et une mission sur terre ; moi, je suis sans emploi. À qui m'offrirai-je avec, dans la main, quelque chose qui serre le cœur ? Oh ! si je pouvais froisser des pailles, oui, seulement des pailles, mais je n'aime que les plaisirs faciles, eux seuls me paraissent importants. »

Elle se sentit diminuée, malheureuse, torturée du désir d'être acceptée telle qu'elle était et que finisse son abandon.

« Je voudrais être écrasée d'amour ! » murmura-t-elle.

Dans la plante grasse pénétrée par la lumière de la lampe, elle regarda des fleuves couler entre de minces rivages de fibre. Elle vit un nageur se perdre en tournant et couper ses veines pour teinter la fleur, car rien d'autre ne lui restait à faire. Grâce le comprit, mais nul exemple ne la tentait. Elle détourna les yeux. Elle eut alors l'idée d'une farandole avec des bouquets.

« Ce sont mes pensées que je n'arrive pas à saisir, mes pensées qui fuient, soupira-t-elle, tout m'échappe. »

Elle regarda devant elle ses mains et elle les sentit tellement détachées qu'elle murmura : « Au revoir. » Mais ensuite, elle dit :

« Pourquoi au revoir ? Pourquoi dire cela à des choses attachées ? Ah ! je souffre dans mes états entre la vie et la mort. Je m'efface dans le temps. Nul ne se penche sur moi pour ma beauté, pour ma pauvreté d'importance. Je suis née trouble, je n'ai que la pureté de ceux qui ont fait effort et mon équilibre est perdu. Pourquoi rire ? Je voudrais redescendre et me nourrir. Je voudrais qu'on m'appelât. De si haut, le grotesque monte en bulles, et des soupirs de ceux qui commencent à s'élever, se dégage une buée qui chagrine. Ho ! là ! arrêtez-moi, je ne m'amuse pas. Transparents, au secours ! faites-moi danser un peu puisque j'habite vos plaines. »

Les Transparents aussitôt arrivèrent en grand nombre.

« Des mains si belles doivent se salir facilement, dit l'un d'eux, j'accepte leurs secrets.

— Merci, dit Grâce, j'ai besoin de repos. » Puis elle voulut lui raconter sa journée et s'en plaindre. Le Transparent l'écouta sans oser l'interrompre : il croyait rêver.

VIII

Le Colonel aimait à parler politique. Il y mêlait facilement des questions de drapeau ou de tradition et fatiguait ainsi les personnes raisonnables.

À la fin d'une discussion au cours de laquelle Milrid n'avait cessé de le contredire, il s'approcha de lui :

« Évidemment, évidemment, mon cher Milrid, conclut-il, mais vous ne m'empêcherez pas de dire que les problèmes nationaux conservent leur importance. »

En prononçant ces mots, il reposa sa tasse de telle sorte qu'elle tomba par terre et se brisa. La Marquise bondit :

« Voilà ce que vous faites avec vos balivernes ! » s'écria-t-elle.

Le Colonel lui fit remarquer que la table était encombrée de tellement d'objets qu'il était impossible d'y poser quoi que ce fût. La Marquise alors se fâcha tout à fait, elle lui dit qu'elle en avait assez et lui demanda même qui il était pour oser lui parler sur ce ton.

Grâce essaya de la calmer. Le Colonel ramassa les morceaux de la tasse et s'appliqua à la reconstituer ; il affirma qu'une fois recollée, elle ferait un très joli objet de vitrine.

« Toutes les vitrines que je connais, dit-il, ne contiennent que des bibelots cassés. »

Cette phrase consola la Marquise, son visage s'illumina :

« Vous avez raison, fit-elle, je n'y avais pas pensé. » Et elle sonna Bruno.

« Une autre tasse, s'il vous plaît », ordonna-t-elle.

Comme Bruno lui demandait ce qu'elle voulait en faire, elle fronça les sourcils, renifla légèrement et dit :

« Je ne suis pas ici pour vous répondre. »

Le Colonel alors déclara qu'il ne prendrait plus de café.

« Dans ce cas, c'est parfait, dit-elle encore, je n'ai plus besoin de vous, Bruno. Allez. » Et, se tournant vers Grâce, elle ajouta :

« Ces gens-là ont la manie de se mêler de ce qui les regarde et ils se croient tout permis. N'ai-je pas dernièrement surpris la fille de cuisine en train d'onduler ses cheveux avec une fourchette à entremets ? Quant à Bruno, ne m'a-t-il pas demandé, au retour d'une réunion sportive, la permission de servir à table en pantalons courts ? Je n'ai pas osé le lui défendre : mon mari était si bon ! »

La Marquise cita d'autres exemples fort curieux, puis fit un grand discours que personne n'écouta. Le Colonel comptait les lames de son couteau suisse : il paraissait absorbé. Au bout d'un long moment, dans l'espoir qu'elle se tairait, il l'interrompit pour énumérer tout ce qu'on pouvait faire avec un bon couteau :

« On peut d'abord couper, dit-il, tailler, éplucher, creuser, c'est une grande source de distraction. »

Il prétendait que le sien était mieux aiguisé que tout autre et fit sauter d'un coup plusieurs boutons de ses bottines.

La Marquise le regarda.

« Vous êtes fou, lui dit-elle, et tricheur, car vos boutons tenaient à peine. »

Froissé par cette remarque, le Colonel remit son couteau dans sa poche et toussa très fort.

Peu après, Milrid et Grâce se levèrent pour dire bonsoir. Dans l'antichambre, avant de sortir, ils allumèrent une lanterne : le brouillard était tellement épais qu'ils craignaient de se perdre en passant par les prés. Un mur de brume plus opaque marquait le cours de la rivière. En traversant le pont, Grâce s'arrêta. Elle montra à Milrid un grand bateau de papier blanc qui, légèrement détaché de l'eau, glissait sans faire le moindre bruit. Un homme aux lèvres très épaisses se tenait à l'avant, il criait : « Ho ! Ho ! Mesdames. Ho ! Ho ! » Grâce lui fit un signe de la main et ils continuèrent leur route.

Milrid était soucieux. Pompon, le matin, lui avait fait des confidences au sujet de Grâce dont l'humeur l'inquiétait. « Mademoiselle est malheureuse, lui avait-elle dit, elle danse et parle seule, bien tristement dans sa chambre. Monsieur Milrid, vous n'êtes pas sérieux. » Milrid n'avait rien répondu. Mais, comme il soupçonnait Grâce d'avoir inspiré ces confidences et qu'il ne voulait pas lui poser de questions, il avait décidé de partir le soir même. Grâce n'en savait rien encore. Cependant, au moment de la quitter, il ne pouvait s'y résoudre. À la recherche d'une excuse qui lui permît de rester, il en trouvait un grand nombre ; il songea même à l'épouser et vit passer un cortège. Grâce, appuyée contre son épaule et se traînant un peu, souriait aux enfants du village, puis, tout à coup, elle quittait son bras, retirait ses gants qu'elle lui confiait et il la voyait fuir loin de lui en riant dans sa belle robe dont les volants se détachaient. « Où ira-t-elle loin de moi en riant ? se demandait-il alors. Je préfère m'en aller. »

En arrivant à Sainte-Unefois, Grâce, fatiguée par la promenade, s'étendit sur le canapé de damas. Milrid s'assit près d'elle ; il lui essuya la figure et les cheveux.

« Comme tu es pâle », lui dit-il, et il posa la lanterne par terre. Grâce ferma les yeux, elle allongea ses bras le long de son corps ; sa main rencontra le genou de Milrid qu'elle caressa un instant.

« Cher Milrid, murmura-t-elle, j'ai bien froid.

— Dors, répondit-il, j'ai à te parler.

— Qu'as-tu à me dire ?

— Eh bien ! voici, continua-t-il, j'ai décidé de partir, je te quitterai ce soir. »

Il parlait sur un ton tellement grave que Grâce s'inquiéta :

« Tu ne dis pas la vérité, tu me taquines, n'est-ce pas ?

— Non, non, fit-il, je pars. »

Grâce se leva.

« Ah ! s'écria-t-elle, j'ai passé ma vie à donner de mauvais exemples de moi-même et, aujourd'hui, voilà ce qu'il m'arrive. »

Elle appuya ses mains contre la poitrine de Milrid.

« Que puis-je faire pour te retenir ? fit-elle, hélas ! je t'ai tout dit. Jure-moi seulement que tu es sûr d'agir très mal en me quittant : cela me consolerait. » Elle soupira.

« Crois-tu au moins que je t'aime ? demanda-t-elle encore.

— Tu crois m'aimer, dit-il.

— Eh bien ! si c'est cela, il me semble impossible de croire davantage. »

Milrid n'ajouta pas un mot, et Grâce, blessée par tant de froideur apparente, se révolta et voulut se moquer :

« Ainsi, déclara-t-elle, ma meilleure plaisanterie n'aura pas eu de fin.

— Fille sérieuse, répondit Milrid, ta meilleure plaisanterie n'aura pas eu de fin. »

Grâce alors se mit à pleurer. Milrid la prit dans ses bras et la serra contre lui comme jamais encore.

« Ne pleure pas, ne pleure pas, supplia-t-il, je te veux belle ce soir.

— Ah ! dit-elle, c'est vrai, j'oubliais que nous donnions un bal. »

Un peu plus tard, ils entendirent des bruits de pas et de voiture et une voix de jeune fille impatiente qui disait : « Cocher, vous n'avez pas grand air ! » D'autres paroles, moins importantes, se perdaient.

Grâce monta à sa chambre et s'habilla avec soin.

« Je suis toujours restée pure en dépit des malheurs qui me sont arrivés, murmura-t-elle, cependant, il me quitte. »

Lorsqu'elle fut tout à fait prête, elle sortit de sa chambre et marcha lentement en s'appuyant aux murs. Elle se rappela que tous ses ancêtres étaient morts subitement le long des corridors de Sainte-Unefois.

« Tous mes grands-parents sont morts en écoutant aux portes », pensa-t-elle, sans que cela la fît rire.

Milrid l'attendait dans la salle des gardes. Elle le trouva très beau et le prit par le bras. L'orchestre jouait avec entrain, mais comme personne encore ne dansait, ils restèrent un instant immobiles dans l'embrasure de la porte, à regarder les invités qui sifflaient d'admiration.

Le tapis roulé et déposé le long des plinthes, les papillons de nuit déjà collés aux mousselines gommées des lustres et les fleurs jetées en désordre sur les tables, donnaient au grand salon un air qui plut à Grâce. Elle sentit qu'elle s'amuserait. Les Messieurs qui, par politesse, avaient gardé leurs manteaux, se tenaient debout dans les coins de la pièce, et Grâce allant de groupe en groupe, suivie de Milrid qui, comme elle, s'inclinait poliment, disait à chacun un mot aimable ou un chiffre qui devait rappeler des souvenirs. À certains, elle faisait des phrases entières : « Vous portiez ce manteau, il y a dix ans, le soir de l'incendie des meules », et elle souriait à ceux qui étaient venus sans avoir été invités. Un bel officier en vert et noir lui demanda son âge, elle en fut flattée ; il lui dit aussi qu'elle n'avait pas l'air d'une personne qui vivait à la campagne et il lui proposa de danser. Grâce le suivit avec peine : il était un peu trop grand et faisait des pas compliqués que des demoiselles étrangères avaient dû lui apprendre. Tout en dansant, elle l'écouta parler avec son joli accent d'homme qui ne tient pas ses promesses :

« Je vous aime sans tambour ni trompette, lui dit-il, je vous aime en traînant les pieds » et il glissa d'un bout à l'autre du salon en la portant dans ses bras.

Des oiseaux attirés par la lumière se cognaient aux fenêtres dont les volets n'étaient pas fermés. Dans l'espoir qu'ils entreraient, l'officier leur ouvrit, mais ils s'enfuirent.

« Ce sont des souris-chauves », dit-il.

Grâce lui trouva de l'esprit. Elle lui demanda s'il avait beaucoup voyagé.

« Oui et non », répondit-il.

Pendant qu'ils parlaient, d'autres oiseaux arrivés de la côte pénétrèrent dans le salon. Ils se mirent à tourner au-dessus du bal, frôlant parfois les musiciens, puis, déployant leurs ailes, montèrent jusqu'au plafond décoré de scènes intimes. De temps en temps, quand ils avaient envie de rire, ils se posaient sur les cadres en agitant leurs petites têtes, mais, fatigués, ils ne tardaient pas à s'endormir et tombaient derrière les chaises. Les Transparents alors les ramassaient pour les déposer au vestiaire, dans les poches des invités.

Tout le monde s'amusait beaucoup. Aurore, une amie de Milrid, se tenait seule sous un palmier, les pieds posés sur une bûche, et jonglait en secret avec des miettes. Les Sapajoux dansaient à contretemps avec les jeunes filles de province. Grâce paraissait heureuse ; Milrid venait souvent la retrouver pour lui parler tout bas ; elle savait que l'enveloppe posée sur la cheminée contenait le fameux timbre qu'il avait décidé de lui donner dès le lendemain de leur rencontre aux Sources. Elle reconnaissait les vrais danseurs à leur essoufflement, à leurs yeux à fleur de tête, à leur façon aussi de s'essuyer les mains en regardant les demoiselles revenir du buffet avec des moustaches de crème. Toute la maison sentait le biscuit et Grâce, qui était la personne la plus remarquée de la fête, allait et venait en souriant, offrant à tous des sucreries ou des morceaux de gelée de viande taillés en forme de petits châteaux. Il était déjà tard lorsque la Malade entra.

« J'apporte, dit-elle, une note triste » et elle se mit à chanter.

Grâce qui ne la connaissait pas, laissa Milrid la conduire devant la cheminée, puis elle vint lui dire bonsoir et lui demanda des nouvelles de sa santé. La Malade lui répondit qu'elle était malade et lui montra une goutte de sueur sur la joue de son enfant endormi près du feu. « Le voyage l'a épuisé », dit-elle. L'enfant parlait dans son sommeil. Il disait :

« Eh ! eh ! eh ! je suis feuille verte comme une âme. Quand je me tais, un silence que chacun reconnaît se compose. Ma mère m'emprisonne et me jalouse, car je sais faire glisser des paquets de cheveux sur les courants d'air de nos chambres ; elle me jalouse aussi parce que je parle de monnaies.

— Ne l'écoutez pas, c'est un ingrat », dit la Malade en détournant la tête.

Grâce alors la quitta pour aller rejoindre un Transparent qui lui envoyait des baisers. Il lui dit qu'elle était charmante « vraiment charmante » ! Dans la pièce à côté un Monsieur ajustait ses lorgnettes. C'était un professeur qui posait pour sa statue. Le sculpteur se mouchait à tous propos. « Vous vous moquez de moi, s'écria le professeur. — Non, répondit l'artiste, je souffre. » Autour d'une table plusieurs dames goûtaient des objets. C'était des gourmandes, c'était des menteuses, car elles crachaient sous la table. Les maîtresses de maison qui ne comprennent rien les déclaraient mal élevées. « Tout le monde se trompe, s'écria Grâce, les plus forts ne savent pas refuser. Vivent les traîtres, eux seuls me paraissent savoir ce qu'ils font. » Un peu plus tard encore quelqu'un poussa un cri, l'orchestre se tut et deux petits mulots en pantoufles de feutre se mirent à sauter au centre de la rosace du parquet. Les invités se rangèrent en cercle pour les voir. Les dames riaient : elles disaient que rien n'était plus amusant ni plus inattendu. Grâce sentit que tous les yeux se tournaient vers elle avec admiration et que, le spectacle terminé, on allait la complimenter. Elle s'excusa : « Je n'y suis pour rien, dit-elle, ce sont de vieux amis de mes oncles, de mes pauvres oncles perdus dans la forêt. »

Nul n'osa la questionner, mais des personnes âgées qui les avaient connus, soupirèrent : « Pauvres Messieurs, une balle perdue sans doute », et chuchotèrent, en se poussant du coude, des histoires d'assassinat.

Les mulots saluèrent et sortirent : la fête finissait.

La Malade prit Grâce par le bras : « Soyez malade, lui dit-elle, les humains rendent les humains ridicules : ils se font des politesses. »

Les gens s'en allaient par groupes vers leurs voitures ; Grâce accompagna ses préférés jusqu'à la porte, en leur recommandant de bien se couvrir, car le matin était glacé. Elle accepta des invitations pour l'été prochain. L'officier en vert et noir l'embrassa dans le cou avant de sortir, il lui promit de venir la chercher pour une promenade : « Bientôt, bientôt », dit-elle.

Entouré de plusieurs personnes, Milrid passa près d'elle, et lui sourit tristement.

« Tu ne t'en vas pas déjà ? s'écria-t-elle.

— Mais si ! fit-il. Au revoir, Grâce, chère âme, porte-toi bien, au revoir ! »

Elle lui demanda s'il l'oublierait.

« Non, non, répondit-il, jamais ! »

Tout le monde était parti. Assise sur une des bornes de l'entrée, Grâce regarda Milrid disparaître dans le brouillard, puis, ne le voyant plus, elle écouta son pas résonner sur les dalles de la cour. Une portière claqua, elle attendit encore, appela : « Milrid, Milrid ! » et rentra dans sa maison. Elle retourna au salon, remarqua des objets oubliés, prit sur la pendule l'enveloppe que Milrid y avait déposée pour elle et vit qu'elle ne contenait qu'une très petite plume. Elle comprit qu'un des oiseaux de la fête avait emporté le timbre et s'en désola. « Il ne pouvait savoir », murmura-t-elle, puis elle froissa l'enveloppe, souffla sur la plume et ajouta : « Hélas ! il ne me reste plus qu'à rassembler mes souvenirs. »

Grâce alors monta en courant dans la chambre de Milrid, le feu brûlait encore, elle ouvrit les tiroirs, ramassa un lacet qui traînait près de l'armoire et, vraiment fatiguée, s'assit au pied du lit. « Comment me consolerai-je ? s'écria-t-elle, il m'a quittée avant sa mort pour aller vivre ailleurs. »

IX

Après le départ de Milrid, Grâce sourit à tout propos. Le Colonel et la Marquise essayèrent de la distraire, mais ne purent y parvenir.

« Je suis triste, leur dit-elle, bien triste, je n'attends rien. »

Sans le prendre très au sérieux, son chagrin cependant les peinait. Ils cherchèrent tous les moyens de lui venir en aide. Le Colonel lui fit remarquer qu'elle avait toute la vie devant elle. « Profitez de vos dons », lui dit-il, et, comme il était en faveur des occupations sérieuses, il lui apprit à construire des châteaux de cartes et à siffler les marches militaires que le Nouveau Régime avait abolies. Grâce ne trouvait pas ça drôle. Les conseils de la Marquise l'ennuyaient.

« À votre âge, disait-elle, on se monte la tête ; il y a sur terre d'autres hommes que Milrid.

— Il me plaisait », répondait Grâce et, tout bas, elle ajoutait : « J'ai ses yeux en boule dans la gorge. »

En écoutant ses deux amis, elle se sentait de

plus en plus perdue. « Ils ne sont pas de ma tribu, pensait-elle, ce sont des ennuyeux. » Le soir quelquefois, elle courait sur la plaine et s'arrêtait au pied de son Fiancé espagnol, un grand épouvantail en lambeaux à qui elle faisait des confidences.

« Ah ! disait-elle, j'ai rendu l'âme. Bouger quand on est mort n'est pas gai, mais que faire pour revivre ? Je voudrais des musiciens qui me pousseraient hors de chez moi et me suivraient dans les allées, des musiciens parfumés qui rendraient tout excusable. Je voudrais croire en eux en les entendant, marcher en souliers de satin jamais salis, faire un salut de dame à des beaux Messieurs étouffés de soupirs et qui s'effaceraient derrière moi comme les bornes de mes voyages. Chapeaux brillants et gants, chaîne d'or pour distinguer les vieux. Ah ! mes échelles, mes bijoux noirs, mes flocons, j'en pourrais griser plus d'un, mais tout me reste sur les bras. Je ne prétends qu'être désolée. »

Grâce restait ainsi à se plaindre, puis rentrait à Sainte-Unefois.

Mais souvent aussi, quand elle était de bonne humeur, elle partait faire de longues promenades, accompagnée de Conquête qui galopait pour la suivre. « Au diable les diables, disait-elle alors, je suis enfin libre, tout m'ennuie, j'ai perdu mes goûts, je vais pouvoir bien rire. »

Ces jours-là, en traversant les rues du village, elle regardait chaque devanture, admirant surtout chez la mercière les jolis carnets de papier noir entr'ouverts en éventail et tout remplis d'aiguilles d'acier. Dans les rues, beaucoup de passants la saluaient. Elle reconnaissait sur certains des cadeaux qu'elle avait faits à l'occasion de fêtes de famille. Elle se sentait aimée et admirée, heureuse surtout d'être traitée en personne dont la présence est fugitive et dont la popularité durera plus longtemps que la vie. « J'ai pris à moi seule la place de tous mes ancêtres, pensait-elle, car je n'aurai pas de descendance. »

Lorsqu'au printemps, Emmérentienne et Sylvio arrivèrent à Sainte-Unefois, leur visite parut lui faire plaisir.

« Avez-vous vu Milrid à Sombre-la-Grande ? leur demanda-t-elle aussitôt.

— Oui, répondit Emmérentienne, mais il n'y sera plus à notre retour, car il part demain pour un voyage à l'étranger.

— Ah ! que c'est triste ! » soupira Grâce. Elle avait l'air de tant souffrir que son amie s'en étonna.

« Qu'as-tu ? fit-elle.

— Eh bien ! répondit Grâce, il m'est arrivé un grand malheur : j'ai été prise au sérieux. » Elle dit aussi : « Quoi qu'il m'arrive à présent, je mourrai refusée. »

Emmérentienne et Sylvio se regardèrent sans comprendre. Ils ne pouvaient croire que Grâce se fût de telle sorte attachée à Milrid. Sylvio la taquina. Grâce lui répondit qu'elle ne prétendait pas être fidèle.

« Je l'aimais, ajouta-t-elle, j'étais sincère.

— Comme toujours ! murmura Sylvio en souriant.

— Non », dit Grâce, et elle parla d'autre chose.

Emmérentienne fit signe à Sylvio de se taire.

Grâce s'efforça de distraire ses amis. Elle les conduisit dans les environs afin de leur faire visiter des carrières célèbres, ainsi que d'autres curiosités dont ils lui firent compliment. Ils passèrent des heures sur la terrasse du Nord à se raconter des histoires et à jouer. Emmérentienne et Grâce allèrent plusieurs fois aider la Marquise à étiqueter ses travaux de charité ; Sylvio préférait la compagnie du Colonel qu'un mal de gorge avait rendu muet.

C'est au cours de ce séjour que Grâce se trouvant seule avec Sylvio un soir, lui dit : « Rien ne me grise comme les battements de cœur », et que, l'ayant attiré dans un coin sombre, elle le força à l'embrasser. C'est au cours de ce séjour aussi qu'Emmérentienne lui demanda si elle s'était enfin décidée à écrire dans son fameux cahier.

« Non, lui répondit Grâce, j'ai rêvé tout l'hiver. »

Au moment du départ de ses visiteurs, elle avait l'air tout à fait consolée, elle leur promit de les rejoindre aux Sources et leur souhaita bon voyage. Emmérentienne et Sylvio la quittèrent sans inquiétude.

Quelques semaines plus tard, Grâce, en s'éveillant un matin, s'écria : « Finie l'enfance ! je suis inconsolable ! » Cependant, la matinée passée, elle voulut se distraire, ouvrit des boîtes, compta les marches de l'escalier et, vers le soir, s'étendit dans la salle des gardes, sur le canapé de damas. Conquête, allongé sur elle juste au-dessous de sa poitrine, la gênait un peu sans qu'elle osât le déranger. « Le cœur y est », pensa-t-elle, puis elle sonna Pompon et lui demanda d'apporter son cahier. L'ayant ouvert à la même page qu'un an auparavant, l'appuyant comme alors au côté de Conquête, Grâce relut deux phrases et se mit à écrire :

Mon amour, un Vendredi sans toi, tout un Vendredi à ne même pas t'attendre, que faire ? Ah ! si je pouvais moi aussi aller à petits pas, proposer : « Pain grillé », et m'offenser d'un refus mais je ne puis. Mes pas me conduisent toujours dans le parc où je vais faire pleurer les dentellières au haut des branches. Sur une bobine volée, j'enroule les longs fils qu'en cette saison, elles tendent d'un arbre à l'autre. Elles s'inquiètent :

« Que ferez-vous de notre travail ?
— Rien, c'est pour le plaisir. »
Elles crient :
Hélas ! nos berceaux ! »

Levant vers le ciel un doigt qui prédit la nuit froide, je fais demi-tour et je rentre à la maison. Personne ne me court après. Sur la route, nul envieux ne me dit un mot. Pas un reproche, pas un jaloux, quelle tristesse. Ah ! Milrid, ai-je assez de santé pour supporter tant d'esprit ? Suis-je vraiment au-dessus de mes forces ? Rassure-moi, console-moi de moi-même, l'occasion de me revoir ne se présentera plus.

Un Transparent que je connais assez bien m'a dit que les âmes des personnes mortes dans des chambres y demeurent enfermées et se balancent aux rideaux à leurs moments perdus. Elles n'iront se mêler aux nuages, aux vents, aux courants dans les mers, que si la maison brûle. Terre, Château, je suis propriétaire, je dois mourir chez moi, d'amour ou de manque d'air, ou d'excès de draperie, et rester enfermée jusqu'au jour où les flammes viendront me libérer. Comme d'autres âmes, j'irai de pièce en pièce, me balançant aux rideaux des chambres, les Vendredis sans toi, sans toi, Milrid, emprisonné ailleurs. Ah ! je m'ennuie déjà.

Les noix en cette saison sont pleines de poussière. Il s'y trouve aussi de jolis carrousels d'ombre. Milrid est là qui me fait les gros yeux. Sur un âne cornu, une chanteuse se repose sous un baldaquin d'éponges et de peaux. Il y a aussi des jeunes gens qui portent leurs chapeaux de travers quand ils sont de bonne humeur, et d'autres qui se querellent au sujet d'une ressemblance. Tout ce beau monde se regarde passer dans le ruisseau, entre les pierres. Chaque fois qu'elle rencontre son image, la chanteuse, une sotte qui colorie ses dents pour faire croire à sa souffrance, sans se douter que les personnes sérieuses ne souffrent pas mais s'abîment, ajuste son corsage.

À l'arrière-plan, à bord d'un autre carrousel, un gilet blanc se gonfle. Un regard qui louche prend pour lui tous les gestes à côté. Une boutonnière craque près d'une tache, le personnage est démoli et la chanteuse s'en amuse. Elle jouait double jeu. Moi aussi, j'aimais sourire dans le dos de Sylvio à une troupe de passage.

À travers les barreaux de la prison, une tête ronde se balance vraiment. Une tête seulement, car le tour est joué depuis une heure : le corps est parti, emporté par ces gens qui agissent sur une cadence. Milrid tient à la main la canne que je lui ai donnée, première communiante. Ribambelle de bêtes inventées, le carrousel tourne. On entend des clochettes, une pauvre agite un sac, et tout recommence.

Milrid me voit, il me regarde en passant, il me dit qu'il me cherche dans les plaisirs. Sous l'ombrage, je portais ma robe verte et il ne me reconnaissait pas. M'invitera-t-il ce soir sur le dos d'un monstre ? Me prendra-t-il par la taille ? Me dira-t-il : « Terre, château, robe verte de dame imprudente. Ah ! mourir du bout des doigts. » Il descend, il part avec, au bras, une pesanteur. Je l'aime, mais il se croit sage et je reste. Terre, château et moi,

qu'en faites-vous ? Que faites-vous de mes mille reflets, de mes mille corps, de mes mille mots ? M'aidera-t-on à parler mon langage sans plaisanteries ? Mes doigts se plient comme de petits genoux, ils supplient dans le silence : un seul coup de tonnerre pour mon plaisir !
Qui jette des petits cailloux à ma fenêtre pour me faire croire que quelqu'un pense à moi ? J'entends des bruits de roues, mais je ne veux pas me laisser convaincre, car je connais les chemins de campagne : un balancement de charrette, deux lanternes qui font drôle, c'est lui ; non, c'est le boucher qui rentre.
Oh ! que faire ? Je suis oubliée peut-être. Mon amour, un Vendredi sans toi, un Vendredi. Une main s'avance sans se fier, elle tâtonne vers moi et j'y pose mon menton pour faire croire Dieu sait quoi à une errante. Quelqu'un est plus fort que moi, quelqu'un a fait un discours, il voulait venir, mais n'a pu s'échapper, ou bien il a eu un accident, il devient important et je meurs. Je meurs. Je vois le monde à ma dernière minute. Les rosaces tournent, les fleurs de verre se mêlent, dans l'espace des anneaux s'échangent et, à l'instant même, un diable paralyse les annulaires. Les promesses font sourire.
Mon amour, un Vendredi sans toi, une habitude se perd. Je ne suis plus confiante. Tu as osé me faire croire, tu as voulu par méchanceté me convaincre et, maintenant, tout se dandine, tout se moque de moi et se venge ; j'avais d'autres

conseils à écouter et je t'ai choisi, toi, toi, monstre méchant à la recherche de mes battements qui peinent, et tu me laisses avec une figure qui fait rire, qui fait même sourire et dire : quelle leçon ! Je ne veux pas, je n'accepte pas, je refuse, j'avale et je dis : « Je ne penserai plus jamais à lui. » Tu ne feras plus partie d'aucun rêve. Le matin, au réveil, je ne m'étirerai plus pour toi. Je vais pouvoir regarder autour de moi et choisir. J'aimerai les bêtes, les gouttes d'encre sur le cuir, et je grelotterai à mon aise dans le monde enfin peuplé et meublé. Je regarderai par la fenêtre et je dirai : « Tiens, jardin ? Ça peut servir » et je partirai pour me promener sous les arbres et je dirai : « Tiens, arbres ? » (Oh ! je mens un peu.)

« Où trouve-t-on les consolations ?

— Ici, à droite.

— Consolations, s'il vous plaît ?

— De quelle couleur les désirez-vous ?

— Je ne sais exactement, je veux bâiller.

— C'est du sucre, qu'il vous faut.

— Du sucre ? Suis-je aussi malade ? Consolations, Monsieur, s'il vous plaît ? J'en aimais cent autres et il m'a convaincue. Je lui ai sacrifié cent fidélités.

— De quoi vous plaignez-vous ? il vous inspire, voilà du sucre ; et sortez.

— Tiens, arbres. À quoi cela peut-il servir ? Où se renseigner ? Renseignements, s'il vous plaît ?

— Renseignements ? à droite.

— Monsieur, j'ai rencontré un arbre. Je rencontre des arbres, je monte en voiture, des passants me regardent, je lève et baisse la tête et, quelquefois, quand j'entr'ouvre les lèvres sur mes jolies dents de squelette, on appelle ça sourire. Je saisis une pelote et je joue en me racontant une histoire. Je touche à l'eau, je touche à tout, qu'ai-je ? On n'agit pas comme moi sans être dans le malheur, n'est-ce pas ? »

Mon amour, un Vendredi sans toi que faire ? Tout un Vendredi, tout le seul jour de ma vie ; je pars demain pour tous les siècles, sans même laisser un faible poison. Aime-moi, crois en moi, je t'aime. Les hommes ne veulent pas qu'on leur coure après. Suis-je vilaine à genoux ? Peut-être a-t-il eu un accident, il devient important et je meurs. La fenêtre s'ouvre, il entre, il est en noir. Il crie « Grâce, je t'ai perdue à jamais. » Au moment de devenir froide, je l'entends et j'appelle la chaleur. Trop tard, je me suis laissée aller plus qu'il n'aurait fallu et je ne puis revenir. Je fais effort pour ouvrir les yeux afin de lui donner ce qu'il demande : il veut ne s'être pas dérangé pour rien, mais je ne puis. Je l'entends encore dire : « Grâce, regarde, je suis en noir, je pense à toi ! » et je murmure : « Moi aussi, je pars sans projet de retour. Farceur. » Après cela, tout est blanc à jamais.

Grâce posa le crayon sur la page. Les larmes qui l'empêchaient d'écrire la firent éternuer plusieurs fois.

« Quel départ », dit-elle et elle ferma les yeux. Un Transparent alors s'empara du crayon : « À notre tour de rire, s'écria-t-il, Grâce désormais est des nôtres », puis il monta à la chambre d'en haut et sur la poussière déjà tombée écrivit :

FIN

ANNEXE

JEAN COCTEAU,
« *SAINTE-UNEFOIS*
PAR LOUISE DE VILMORIN[1] »

Il faut d'abord avouer que je revenais à Paris et que beaucoup de livres attendaient sur une table et ce livre parmi les autres et que je me suis dit en le voyant : Encore une femme du monde qui veut écrire.

Représentez-vous donc ma surprise lorsque, dès les premières lignes, je me trouve, sans le moindre préparatif, nez à nez avec une sorte de prodige : une femme qui invente des choses illustres (il est manifeste qu'elle les invente une seconde fois au lieu de s'en souvenir), qui en imagine d'autres, neuves, fraîches, comiques, poétiques, féroces, légères jusqu'à l'incroyable, et dont la famille spirituelle serait : le Rimbaud d'*Enfance*, le Radiguet des *Pélican*, le Desbordes des *Tragédiens*, la petite Daisy Ashford et cette Daisy, fille du diable. Un livre qui apparaît au lieu de paraître, au lieu d'une parution, une apparition ; un livre qui n'était

1. *Nouvelle Revue française*, n° 44, janvier 1935, p. 143-145.

pas là et qui est là, tout à coup, comme sur une table spirite, un « apport ». Une femme debout au seuil de cette époque nouvelle qui arrive, au seuil de ce nouvel âge où je ne m'attendais guère à rencontrer une femme, je l'avoue. Et ceci mérite un éclaircissement.

Jamais rupture n'a été plus nette. Toute une époque, ingrate à vivre, et qu'il fallait bien vivre et vivre à sa pointe et que j'ai toujours vécue à contrecœur et à rebrousse-poil, est morte. Le livre de Gertrude Stein en serait la longue peau brune qui se détache. Peau neuve est faite ! Et sans doute est-ce à cause de l'extrême délicatesse d'une peau neuve, même lorsqu'elle annonce un nouvel âge de peste et de signes dans le ciel, d'enchantements et de désenchantements, âge de pureté farouche, dont les chefs ne se recruteront plus à la hâte, où l'on n'entrera pas sans mots d'ordre et sans épreuves, où le théâtre exigera le feu dont il flambait jadis sur les porches des cathédrales, bref sans doute est-ce parce que ce nouvel âge se cache encore sous l'épiderme qu'il offre, contre toute attente, le spectacle d'une jeune femme exquise soulevant une écharpe de blonde sur le seuil.

Écharpe de blonde ! Une écharpe de blonde... J'avais oublié qu'il existait des écharpes de blonde et c'est dans ce livre dont je vous parle que je retrouve cette *écharpe de blonde* qui représente si bien l'auteur, auteur que j'ai voulu connaître et que j'essayerai de vous peindre.

On m'avait parlé d'une jeune femme très belle au milieu d'un état-major de frères. Ce bloc, sûr de soi, portait ce nom de Vilmorin, un nom qui symbolise une de nos noblesses féodales de l'industrie française, race de jardiniers, de chimistes et de poètes dont l'honneur sera un jour d'avoir obtenu, de graines en graines, de greffes en greffes, cette fleur unique : *Sainte-Unefois,* Louise de Vilmorin.

J'ai connu Louise de Vilmorin, seule. L'état-major fraternel ne l'encadrait pas.

Seulement lui fut-il demandé après notre rencontre, par cet état-major, si *je ne l'avais pas trouvée trop gourde,* — ce qui vous donne le style et les rapports de ces charmants collégiens employant le vocabulaire des cours de récréation et disant de la petite sœur : *Quel type cette Loulou ! Elle a une bonne bouille !* et protège notre auteur de l'atmosphère écrasante des cénacles.

Je me trouvais donc en face d'une grande jeune femme, d'une grande jeune fille ravissante, avec une voix grave et des gestes un peu dégingandés de collégien, un rire qui fronce le nez et retrousse une lèvre cruelle sur des dents qui miroitent, une simplicité parfaite, confiante, inculte… et du génie.

Voulez-vous prouver aux personnes incrédules que ce génie existe ? Prenez le livre. Ouvrez au passage de la tasse cassée. Lisez, lisez, continuez ; vous arrivez vite au mur de brume, au fleuve, à l'admirable bateau qui passe, à l'homme à grosses lèvres criant : « Ho ! Ho ! mesdames, Ho ! Ho ! » et la personne qui vous écoute saura de quoi il retourne. Après, il ne reste plus qu'à s'entendre. C'est une question de registre, de sexe, etc., etc., etc... Mais nul ne peut plus mettre en doute que Madame de Vilmorin possède un ballon rouge qui l'enlève de terre et l'emporte ensuite où elle veut.

Ah ! Sainte-Unefois ! Laissez-moi me mettre à vos genoux, vous remercier à genoux de démoder par votre entrée en scène le type des dames élégantes d'hier, dames à petits chapeaux et à grandes histoires, dames riches, oisives, qui, ayant tout, ne peuvent que détruire, idoles peintes, dorées, dont la joue insolente attire la gifle des travailleurs.

JEAN COCTEAU

Appendices

Éléments biographiques[1]

1902. Naissance à Anthony de Louise, deuxième fille de Philippe et Mélanie Lévêque de Vilmorin. Le couple aura ensuite quatre fils. Louise connaît une enfance dorée entre le 23 quai d'Orsay à Paris et le château de Verrières-le-Buisson, mais elle souffre du peu d'affection que lui manifeste sa mère.

1919. Séjour à Saint-Jean-de-Luz (Louise est atteinte d'une arthrite tuberculeuse qui lui donnera toute sa vie une démarche légèrement claudicante).

1922. Fiançailles avec Antoine de Saint-Exupéry. La mère de Louise est hostile au mariage qui, prévu l'année suivante, ne se fera pas.

1925. Mariage de Louise de Vilmorin avec Henry Leight-Hunt, Américain fortuné. Le couple quitte la France pour s'installer à Las Vegas, qui n'est alors qu'une petite ville au milieu du désert. Nombreux voyages aux États-Unis, en Amérique latine et en Europe dans les années qui suivent.

1929. Naissance d'une fille, Jessie, à Paris, puis d'Alexandra en 1930 et d'Elena en 1931 (bientôt

1. Nous empruntons certaines informations et quelques citations à Françoise Wagener, *« Je suis née inconsolable », Louise de Vilmorin (1902-1969)*, Paris, Albin Michel, 2008.

enceinte à nouveau, Louise avorte en Suisse). « Je ne me sens nullement mère mais émue et vaguement inquiète de tous ces “Maman” par-ci, “Maman” par-là », écrit-elle à son frère André.

1933. Brève liaison avec André Malraux qu'elle a rencontré à Paris l'année précédente et qui l'incite à écrire. « C'est lui qui m'a fait partir dans la vie, avouera-t-elle plus tard. Je lui dois tout, c'est le premier homme qui m'ait fait confiance. » De retour à Las Vegas, elle rédige son premier roman.

1934. Publication de *Sainte-Unefois* aux éditions Gallimard. Gide, Paulhan, Drieu la Rochelle accueillent l'ouvrage avec enthousiasme, Cocteau surtout qui se lie avec l'auteur et sera l'un de ses amis les plus fidèles ; il entame avec elle une magnifique correspondance qui ne finira qu'à sa mort.

1936. Voyage en Italie. Brève liaison avec Gaston Gallimard.

1937. Publication de *La Fin des Villavide* : « Dès les premières lignes nous sommes versés dans un monde féerique, comique, tendre, grave, fraternel. Ce monde est l'alcôve d'une ondine qui nous attire par les cheveux. Ce monde est le monde où Louise de Vilmorin se cache. [...] J'aimerais vivre une époque dont *La Fin des Villavide* refléterait l'élégance et l'éclairage prestigieux, une époque de grands enfants où Louise de Vilmorin serait la comtesse de Ségur, née Rostopchine », écrit Cocteau dans le numéro de juillet de la *Nouvelle Revue française*. Divorce. Henry Leight-Hunt obtient la garde des trois filles et s'en retourne avec elles aux États-Unis. En octobre, Louise fait la connaissance du comte hongrois Pali Palffy, déjà marié quatre fois ; elle l'épouse en décembre.

1938. Installation au château de Pudmerice, à quelques dizaines de kilomètres de Presbourg, en Slovaquie : « C'est là que j'ai vécu [...] les seules années heureuses de ma vie. »

1939. *Fiançailles pour rire*, premier recueil de poèmes.

1941. Publication du *Lit à colonnes* (le roman est adapté pour le cinéma l'année suivante). Sa liaison avec Thomas Esterhazy provoque la fin de son deuxième mariage.

1943. Séjour à Budapest avec Esterhazy puis départ pour la France où il doit la rejoindre, ce que la guerre retarde considérablement.

1944. Louise s'installe un moment à l'ambassade de Grande-Bretagne, rue du Faubourg-Saint-Honoré, à l'invitation de ses amis Duff et Diana Cooper.

1945. Rupture avec Thomas Esterhazy, enfin arrivé en France, mais complètement ruiné. Publication du *Sable du sablier*. Nombreux voyages et séjours à l'étranger dans les années qui suivent, nombreuses liaisons. « Oh ! j'ai trop aimé, et puis j'ai été bien aimée aussi... Je ne sais si la qualité était bonne ou mauvaise, mais je sais que j'en étais enchantée » (*Carnets*).

1948. Coco Chanel, qui l'habille, demande à Louise de lui rédiger ses Mémoires (le projet ne verra pas le jour de leur vivant).

1950. Louise de Vilmorin s'installe au château de Verrières-le-Buisson, propriété de sa famille. Dans son célèbre « salon bleu », elle reçoit de nombreux artistes, gens de lettres et de cinéma, hommes politiques et diplomates. Elle publie des articles de mode dans *Vogue* et dans *Marie-Claire*.

1951. Publication de *Madame de* et de *Julietta*, qui seront tous deux adaptés au cinéma.

1953. Sortie du film de Max Ophuls *Madame de*. Cette adaptation, que l'on doit à Marcel Achard, a pour interprètes Danièle Darrieux, Charles Boyer et Vittorio De Sica (Louise de Vilmorin regrettera toutefois la transposition du roman à la fin du XIXe siècle). Le roman connaîtra aussi une adaptation pour l'opéra en 1971 (musique de Jean-Michel Damase sur un livret de Jean Anouilh). Sortie de *Julietta*, de Marc Allégret, avec Jean Marais et Jeanne Moreau.

1955. Louise de Vilmorin reçoit le Grand Prix de Monaco et est décorée de la Légion d'honneur. « J'ai le cœur ouvert, fermé, blessé : ouvert par l'amitié ; fermé par les amours ; blessé par les souvenirs, cet inatteignable révolu qui veut qu'une vie qui demeure en nous ne soit plus à notre portée » (*Carnets*). Voyage à Moscou.

1957. Voyage aux États-Unis au cours duquel Louise de Vilmorin retrouve ses filles, mariées et mères de famille.

1960. La vie mondaine se poursuit. On continue de prêter à Louise de Vilmorin de nombreuses liaisons et amitiés sentimentales, notamment avec Roger Nimier et le jeune Jean Chalon. « Si j'ai d'innombrables souvenirs de coups de foudre, j'ai aussi d'inoubliables souvenirs d'hommes séduisants » (*Articles de mode*).

1967. Devenu ministre de la Culture de Charles de Gaulle, André Malraux revoit Louise ; ils se mettent à s'écrire et à se voir quotidiennement ; ils redeviendront amants l'année suivante. Louise est âgée de soixante-cinq ans. « Merveille que nous deux ! Merveille à l'infini. Nous nous donnons l'un à l'autre tout ce qui réside en nous et que nous ne savons pas », lui écrira-t-elle le 29 novembre 1968. Publication de *L'Heure Maliciôse*.

1969. En avril, André Malraux démissionne de son poste de ministre. En juillet, il s'installe à Verrières-le-Buisson. Fin décembre, Louise de Vilmorin meurt brutalement. Elle est enterrée dans le jardin de sa propriété. Malraux, qui travaille à l'édition posthume de quelques-unes de ses œuvres, épouse sa nièce, Sophie de Vilmorin, en 1972, et meurt en 1976.

Repères bibliographiques

OUVRAGES DE LOUISE DE VILMORIN

Tous les ouvrages de Louise de Vilmorin ont été édités chez Gallimard, à l'exception d'un ouvrage en collaboration ; la plupart des titres sont disponibles dans les collections « L'Imaginaire » et « Folio ». À l'exception des volumes de correspondance, tous les titres parus au Promeneur ont été édités par Patrick Mauriès.

L'Alphabet des aveux, poèmes, 1954.
Articles de mode, ill. Christian Lacroix, Le Promeneur, 2000 [écrits entre 1945 et les années 1960].
Les Belles amours, 1954.
Carnets, 1970.
Contes et prières de Noël, 1955.
Correspondance croisée [avec Jean Cocteau], éd. Olivier Muth, Le Promeneur, 2003 [cette correspondance, qui commence à la publication de *Sainte-Unefois*, présente un intérêt tout particulier].
Correspondance à trois (1944-1953) [avec Duff et Diana Cooper], éd. Olivier Muth, Le Promeneur, 2008.
Correspondance avec ses amis, éd. Olivier Muth, Le Promeneur, 2004.
Démone et autres textes, Le Promeneur, 2001.
Une fabuleuse entreprise, ill. Gérald Maurois, Paris, Calmann-Lévy, 1956.

Fiançailles pour rire, 1939.
La Fin des Villavide, 1937.
L'Heure Maliciôse, 1967.
Histoire d'aimer, 1955.
Intimités, Le Promeneur, 2001.
Julietta, 1951.
La Lettre dans un taxi, 1958.
Le Lit à colonnes, 1941.
Lolette, Le Promeneur, 1999.
Le Lutin sauvage, Paris, Gallimard, 1971.
Madame de, 1951.
Mémoires de Coco, propos recueillis par Louise de Vilmorin, Le Promeneur, 1999.
Migraine, 1959.
L'Opéra de l'odorat : poèmes et calligrammes, 1949.
Promenades et autres rencontres, Le Promeneur, 2000.
Le Retour d'Erica, 1946.
Le Sable du sablier, poèmes, 1945.
Sainte-Unefois, 1934.
Solitude, ô mon éléphant, poèmes, 1972.
Le Violon, 1960.

BIOGRAPHIES

BOTHOREL, Jean, *Louise ou la Vie de Louise de Vilmorin*, Paris, Grasset, 1993 [repris au Livre de Poche en 1995].
CHALON, Jean, *Florence et Louise les magnifiques : Florence Jay-Gould et Louise de Vilmorin*, Monaco, Éditions du Rocher, 1987.
WAGENER, Françoise, « *Je suis née inconsolable* », *Louise de Vilmorin (1902-1969)*, Paris, Albin Michel, 2008.

Louise de Vilmorin, un album, iconographie et textes réunis par Patrick Mauriès, Paris, Gallimard, Le Promeneur, 2002.

ANNEXE

APPENDICES

Madame CAMPAN — *Mémoires sur la vie privée de Marie-Antoinette*

Isabelle de CHARRIÈRE — *Sir Walter Finch et son fils William*

Isabelle EBERHARDT — *Amours nomades*

Madame de GENLIS — *La Femme auteur*

Madame de LAFAYETTE — *Histoire de la princesse de Montpensier et autres nouvelles*

Madame RICCOBONI — *Histoire de M. le marquis de Cressy*

George SAND — *Pauline*

Madame de SÉVIGNÉ — *« Je vous écris tous les jours… » Premières lettres à sa fille*

Madame de STAËL — *Trois nouvelles*

Elsa TRIOLET — *Les Amants d'Avignon*

Flora TRISTAN — *Promenades dans Londres*

Renée VIVIEN — *La Dame à la louve*

Découvrez aussi en mai 2010

Honoré de BALZAC — *La Fausse Maîtresse*

Un drame amoureux dans lequel le mensonge et la séduction tiennent les premiers rôles.

Ray BRADBURY — *Le meilleur des mondes possibles* et autres nouvelles

Ray Bradbury, grand maître de l'imaginaire, nous entraîne dans son univers où le fantastique et la poésie se rejoignent.

COLLECTIF — *L'œil du serpent.* Contes folkloriques japonais

Merveilleux et étranges, ces contes nous entraînent au cœur de la mythologie japonaise peuplée de créatures fantastiques et de paysans naïfs.

Federico GARCÍA LORCA — *Romancero gitan* suivi de *Chant funèbre pour Ignacio Sanchez Mejias*

Sur fond de guitares andalouses, découvrez toute la sensualité et la force de l'âme gitane sous la plume du plus grand poète espagnol du XXe siècle

Jean-Jacques ROUSSEAU — *« En méditant sur les dispositions de mon âme… »* et autres *Rêveries* suivi de *Mon portrait*

Promenez-vous dans la campagne avec Rousseau, herborisez et laissez-vous porter par les méditations de l'un des écrivains les plus singuliers du XVIIIe siècle.

Dans la même collection

M. D'AGOULT	*Premières années* (Folio n° 4875)
R. AKUTAGAWA	*Rashômon* et autres contes (Folio n° 3931)
E. ALMASSY	*Petit éloge des petites filles* (Folio n° 4953)
AMARU	*La Centurie. Poèmes amoureux de l'Inde ancienne* (Folio n° 4549)
P. AMINE	*Petit éloge de la colère* (Folio n° 4786)
M. AMIS	*L'état de l'Angleterre* précédé de *Nouvelle carrière* (Folio n° 3865)
H. C. ANDERSEN	*L'elfe de la rose* et autres contes du jardin (Folio n° 4192)
ANONYME	*Ma'rûf le savetier.* Un conte des *Mille et Une Nuits* (Folio n° 4317)
ANONYME	*Le Petit-Fils d'Hercule* (Folio n° 5010)
ANONYME	*Le poisson de jade et l'épingle au phénix* (Folio n° 3961)
ANONYME	*Saga de Gísli Súrsson* (Folio n° 4098)
G. APOLLINAIRE	*Les Exploits d'un jeune don Juan* (Folio n° 3757)
ARAGON	*Le collaborateur* et autres nouvelles (Folio n° 3618)
I. ASIMOV	*Mortelle est la nuit* précédé de *Chante-cloche* (Folio n° 4039)
S. AUDEGUY	*Petit éloge de la douceur* (Folio n° 4618)
AUGUSTIN (SAINT)	*La Création du monde et le Temps* suivi de *Le Ciel et la Terre* (Folio n° 4322)

MADAME D'AULNOY	*La Princesse Belle Étoile et le prince Chéri* (Folio n° 4709)
J. AUSTEN	*Lady Susan* (Folio n° 4396)
M. AYMÉ	*La bonne peinture* (Folio n° 5011)
H. DE BALZAC	*L'Auberge rouge* (Folio n° 4106)
H. DE BALZAC	*Les dangers de l'inconduite* (Folio n° 4441)
É. BARILLÉ	*Petit éloge du sensible* (Folio n° 4787)
J. BARNES	*À jamais* et autres nouvelles (Folio n° 4839)
F. BARTELT	*Petit éloge de la vie de tous les jours* (Folio n° 4954)
S. DE BEAUVOIR	*La Femme indépendante* (Folio n° 4669)
T. BENACQUISTA	*La boîte noire* et autres nouvelles (Folio n° 3619)
K. BLIXEN	*L'éternelle histoire* (Folio n° 3692)
K. BLIXEN	*Saison à Copenhague* (Folio n° 4911)
BOILEAU-NARCEJAC	*Au bois dormant* (Folio n° 4387)
M. BOULGAKOV	*Endiablade* (Folio n° 3962)
M. BOULGAKOV	*J'ai tué* et autres récits (Folio n° 5012)
R. BRADBURY	*Meurtres en douceur* et autres nouvelles (Folio n° 4143)
L. BROWN	*92 jours* (Folio n° 3866)
S. BRUSSOLO	*Trajets et itinéraires de l'oubli* (Folio n° 3786)
R. CAILLOIS	*Noé* et autres textes (Folio n° 4955)
J. M. CAIN	*Faux en écritures* (Folio n° 3787)
MADAME CAMPAN	*Mémoires sur la vie privée de Marie-Antoinette* (Folio n° 4519)
A. CAMUS	*Jonas ou l'artiste au travail* suivi de *La pierre qui pousse* (Folio n° 3788)

A. CAMUS	*L'été* (Folio n° 4388)
T. CAPOTE	*Cercueils sur mesure* (Folio n° 3621)
T. CAPOTE	*Monsieur Maléfique* et autres nouvelles (Folio n° 4099)
A. CARPENTIER	*Les élus* et autres nouvelles (Folio n° 3963)
CASANOVA	*Madame F.* suivi de *Henriette* (Folio n° 4956)
M. DE CERVANTÈS	*La petite gitane* (Folio n° 4273)
R. CHANDLER	*Un mordu* (Folio n° 3926)
I. DE CHARRIÈRE	*Sir Walter Finch et son fils William* (Folio n° 4708)
J. CHEEVER	*Une Américaine instruite* précédé de *Adieu, mon frère* (Folio n° 4840)
G. K. CHESTERTON	*Trois enquêtes du Père Brown* (Folio n° 4275)
E. M. CIORAN	*Ébauches de vertige* (Folio n° 4100)
COLLECTIF	*Au bonheur de lire* (Folio n° 4040)
COLLECTIF	*« Dansons autour du chaudron »* (Folio n° 4274)
COLLECTIF	*Des mots à la bouche* (Folio n° 3927)
COLLECTIF	*« Il pleut des étoiles »* (Folio n° 3864)
COLLECTIF	*« Leurs yeux se rencontrèrent... »* (Folio n° 3785)
COLLECTIF	*« Ma chère Maman... »* (Folio n° 3701)
COLLECTIF	*« Mon cher Papa... »* (Folio n° 4550)
COLLECTIF	*« Mourir pour toi »* (Folio n° 4191)
COLLECTIF	*« Parce que c'était lui ; parce que c'était moi »* (Folio n° 4097)
COLLECTIF	*« Que je vous aime, que je t'aime ! »* (Folio n° 4841)
COLLECTIF	*Sur le zinc* (Folio n° 4781)
COLLECTIF	*Un ange passe* (Folio n° 3964)

Composition Nord Compo
Impression Novoprint
à Barcelone, le 7 avril 2010
Dépôt légal : avril 2010

ISBN 978-2-07-043663-7./Imprimé en Espagne.

172176